アリバイ

海外ミステリ叢書
奇想天外の本棚
山口雅也 製作総指揮

アガサ・クリスティー 原作
マイケル・モートン 脚本
山口雅也 訳

ALIBI

from a story on Agatha Christie
By Michael Morton

原書房

アリバイ

三幕劇

アガサ・クリスティー　原作
マイケル・モートン　脚本
山口雅也　訳

ALIBI

A Play in Three Acts

from a story by AGATHA CHRISTIE

1929

by

MICHAEL MORTON

目次

【炉辺談話】

マサヤ・ヤマグチ
MASAYA YAMAGUCHI

ようこそ、わたしの奇想天外の書斎へ。三方の書棚には万巻の稀覯本が揃い、暖炉では薪《まき》が赤々と燃え、マントルピースの上には、フランス語の小説本とムーア人の短剣が、意味ありげに置かれています。——ここは、まさに、あなたのような読書通人にとっての、理想郷、夢想の部屋なのです。

《奇想天外の本棚》は、読書通人《ウェル・リード・コノサー》（マニアだとかオタクだとかいう卑屈な呼称は平成に捨ててきました）のための叢書です。これからわたしは、読書通人のための「都市伝説的」作品（噂には聞くが、様々な理由で、今現在、通人でも読んでいる人が少ない）の数々をご紹介してゆくつもりです。

その第一弾として、アガサ・クリスティー原作マイケル・モートン脚本の『アリバイ』（一九二九年刊）を、お贈りしましょう。これは、クリスティーの名作『アクロイド殺し』（一九二六年）を原作として戯曲化（クリスティー作品の初の戯曲化）したもので、そのほとんどの邦訳が読める中、新訳が待たれたクリスティー関連重要作（ドイツで『Alibi』のタイトルで出ているものは戯曲版でなくて小説版のドイツ語訳）で、日本はおろか、世界でもほとんど読めない貴重な「都市伝説的」一品。今回わたしは、稀覯な原典を入手したので自ら訳すことにしました。

え？　小説版『アクロイド殺し』を読んで犯人もトリックも知っているから、戯曲化作なんて必要ないと？　――確かに、私自身も、クリスティー初心者の頃は、そうした想いを抱き、本作を後回しにしておりました。しかし、その後、『アクロイド殺し』を読み、本作を読んでみて、考えを改めました。――読書通人のあなたなら、すでにおわかりのことでしょう。

名作は何度読んでも面白いから名作なのです。また、映像化、戯曲化されたものも、それぞれ楽しみを与えてくれる――だからこそ不朽の「名作」なのです。

『アクロイド殺し』をすでに読んでいて、犯人をご存知の方に申します。――フーダニットの興味が失われているなら、本作をインヴァーテッド・フーダニット（倒叙）として読んでみてはいかがでしょう？　ミステリ史上最も有名な犯人とポアロのスリリングな舞台上の台詞の応酬が、優れてミステリ的な感興を与えてくれること請け合いなのです。
――そう、これは戯曲ならではの楽しさとも言えそうです。舞台に上がった名探偵が、大見得《おおみえ》を切り、大向こうから、「待ってました！」と声がかかる――そんな光景が目に浮かんできます。

さらに、読書通人の楽しみ方のひとつとして、視覚化された作品が、原作小説とどう違うのか探る――というのもあるかと思います。

本戯曲と原作が違うところをネタバレしない程度に指摘しておきます。脚本のモートンが、ポアロのキャラクターに、原作者もやらなかったひと筆（演劇ならではの）を加えていること。ポアロは事件の結末で、ある異例の行動をとり、アガサ・クリスティーが小説版では語らなかった名探偵の一面を露わにします。そして抒情的な余韻を残す感動的な幕切れ……。これには、クリスティー＝ポアロの上級ファンほど驚くはず。これだけでもファンは本作を避けては通れないでしょう。

ちなみに、劇作家マイケル・モートンは早くから自前の探偵を起用した推理劇を書いており、本作もアリバイに特化（クリストファー・ブッシュを想起させる出来栄え）して、かの名作を堅実な推理劇に仕立て上げておりました。

本戯曲の改変をクリスティー自身は歓迎していなかったとか、英劇壇の重鎮チャールズ・ロートンがポアロを演じたことを喜んだとか、毀誉褒貶《きよほうへん》さまざまな評価を聞きますが、ともかく——女王アガサ・クリスティーという高峰登頂に様々なルートから臨んでいる読書通人のあなたなら、この未踏ルートからの登攀《とうはん》は、ぜひ挑戦してみるべきだと思います。そして、本作への評価は、読後に、あなた自身が決めればよいのですから。

開幕のベルが聞こえて参りました。それでは、ごゆるりと、ご観覧ください。

アリバイ

三幕劇

上演　プリンス・オブ・ウエールズ劇場　ロンドン　一九二八年五月十五日

登場人物（配役）

エルキュール・ポアロ……………私立探偵　（チャールズ・ロートン）

ジェームズ・シェパード医師………開業医　（J・H・ロバーツ）

ロジャー・アクロイド卿……………富豪　（ノーマン・V・ノーマン）

ジェフリー・レイモンド……………アクロイドの秘書　（ヘンリイ・フォーブス・ロバートソン）

ブラント少佐……………………………狩猟家、アクロイドの旧友　（ベイジル・ローダー）

デイヴィス警部……………………警官（ジョン・ダーウィン）
パーカー……………………ロジャー卿の執事（ヘンリイ・ダニエル）
ラルフ・ペイトン大尉………ロジャー卿の養子（セシル・ナッシュ）
ハモンド……………………アクロイド家顧問弁護士（J・スミス・ライト）
カリル・シェパード…………シェパード医師の妹（ジリアン・リンド）
アーシュラ・ボーン…………アクロイド家の小間使い（アイリス・ノエル）
アクロイド夫人………………ロジャー卿の義妹、未亡人（レディ・トリー）
フローラ・アクロイド………アクロイド夫人の娘（ジェイン・ウェルシュ）
マーゴット……………………ポアロの召使（コンスタンス・アンダースン）

旧訳と新訳の違い

旧訳（ハヤカワ・ポケット・ミステリ、長沼弘毅訳、一九五七年）は、明らかな誤訳（プロットに関わるものも）、原典の欠落部分などもあるので、一九二九年英国刊行の原典脚本を底本に、先達に敬意を表して旧訳をベースにしつつ、新たに原典に忠実に訳出した（但し、原典の説明不足、誤解を与えかねない記述については、訳文で訂正した）。

旧訳は、ポアロがフランス人であり、英語ネイティヴでないという劇の設定に起因する理由から、ポアロの台詞が、過度に慇懃・丁寧で、生硬な口調になっている。これも原典に当たってみると、割と普通の英語を話しているので、許容範囲内で原典に準拠する訳出に改めた。

小説版に親しまれた読者には、ポアロやマーゴットのフランス語の喋りが過剰なように感じられるだろうが、これは原典がそうなっているからで、この部分も忠実に再現することとした。

フランス語の部分については、平易な言葉は日本語にカタカナ表記のルビ、長いセンテンス等については原語表記（旧訳は文法に馴染まない無理なカタカナ表記になっていた）にし、（　）の中に日本語訳を記した。

戯曲・脚本のト書き（俳優の演技・動きについて書いたもの）は、本来、演出家や俳優の視点に立って書かれている。従って、原典にあるト書きの左右の指示（俳優視点）は、読み物とした場合の混乱を避けるため、観客（読者）が舞台を観ている視点に立って左右逆に書き換えた。また、登場・退場に際しては、観客から向かって右側を上手《かみて》、左側を下手《しもて》とした。

旧訳版には省かれていた、巻末の衣裳リストを新たに訳出した。

場面の概要

第一幕

第一場　ファーンリイ・パークにあるロジャー・アクロイド卿の邸の広間。――午後
第二場　同右。――晩餐の後
　この場の間、四十五分の時間的経過を示すため照明を暗くし、少し幕を下ろす。

第二幕

第一幕に同じ。――翌朝

第三幕

第一場　エルキュール・ポアロの書斎。――第二幕から四日後の朝食の後
第二場　同右。――晩餐の後

第一幕および第二幕の舞台

第一幕

時――午後。

第一場――ファーンリイ・パークにあるロジャー・アクロイド卿の邸宅の広間。

暗色楢材《ダーク・オーク》の羽目板の正方形の部屋。舞台下手のほぼ中央、壁の凹みにフランス扉《フレンチ・ウィンドウ》があり、低い座付きの両扉は庭に向かって開かれている。正面奥手は、二本の太い柱によって区切られ、中央に両開きのドア、その奥にロジャー・アクロイド卿の書斎があり、書斎の奥手には窓がある。柱の両翼はアーチ形になっており、左側は、玄関及び邸宅内部に通じ、右側には、階段があって、ロジャー卿の寝室に通じていることを示す。右手中央よりやや奥手に、大きな暖炉があり、その上に貴婦人の肖像画が掛けられている。暖炉の右手前後方に開け放たれたドアがあり、食堂《ダイニング》とビリヤード室に通じている。

開幕

アクロイド夫人が、中央テーブルの椅子に座り、フランスの小説を読んでいる。彼女の手には、ペイパー・ナイフ代わりに使っているムーア人の短剣が握られている。フローラ・アクロイドとブラント少佐は、左側のカード・テーブルに座っている。フローラは正面、ブラント少佐は左手に。

（パーカー、新聞を持って下手《しもて》より登場、中央テーブルの左奥手に控える）

パーカー　お茶をお下げしても、よろしゅうございましょうか、奥様？

アクロイド夫人　いいえ、わたしはまだいいわ。

パーカー　夕刊でございます、奥様。（アクロイド夫人に夕刊を渡し下手奥より退場）

アクロイド夫人　（新聞を開き、素早く目を通し、探していた記事を発見する）フローラ、ほら、みんな夕刊に載っているわよ。（読む）――「アシュレイ・フェラーズの夫人急逝、今朝、寝室で亡くなっているところをメイドが発見。ヴェロナールの過剰摂取」――なんて愚かなひとなのかしら！　なんという悲劇――

フローラ　ほんとね。ことにロジャー伯父様にとってはね。伯父様は、今朝からまるで十歳も歳をおとりになったようだわ。

アクロイド夫人　そうねえ。あのひとが動揺されるのも無理ないわ。――あのひとにとっては、本当に恐ろしいこと――けれど、わたしたち、――お前とわたしとラルフにとっては、大きな転機になるんだわ。

フローラ　それ、どういう意味？　お母さん。

アクロイド夫人　きのうの夜、あのひとがお前たちの婚約を発表した時、どんなにほっとしたことか、その気持ちは誰にもわからないわ。（フローラ、ちらりとブラント少佐のほうを見る）　お前は、これから、わたしたちの立場がどんなに大きく変わろうとしているかってこと、わからないらしいわね。

フローラ　お母さん、わたし、たったひとつだけわかっていることがあるわ。わたしたちが、この家にやって来て、ロジャー伯父様と一緒に住むようになってから、わたしたちは煉獄《れんごく》のような生活を強いられてきた。――ロジャー伯父様は百万長者だっていうのに、わたしたちは自分のお金をぜんぜん貰うことができなかった。わたしたち、お金が欲しくても、なにも言えなかった。――それで、結局、ほかからの借金で首が回らなくなってしまったじゃない。

アクロイド夫人　そう、借金、ね。――いつも借金。わたしがどんなに苦しんでいたのか、誰も知らない。

フローラ　そうよ、たいそうな苦しみよ。お母さん――ところで、わたしたち、相変わらず、この家で暮らしていかなければならないの？

アクロイド夫人　そう、そうするほかないのよ。

フローラ　なんというお金に呪われた――

ブラント　（フローラのほうに身を乗り出して、優し気に）　お金がそんなに問題なのかい？

フローラ　当たり前じゃないの。それがすべてなんだわ。自由！　生活！　それに、お金さえあれば、もうでたらめな口実を見つけたり、かき集めたり、嘘をついたりしなくても、すむんですから。

ブラント　（驚いて）　嘘をつく？

フローラ　おわかりになるでしょ――大金持ちの伯父様からわずかばかりのお恵み――まるで、テーブルに残ったパン屑のようなもの――去年の上衣を着たり、帽子を被ったり――そんなお恵みをいただいて、さも、ありがたそうな顔をしなきゃならないのよ。

ブラント　ご婦人の衣裳のことは、よくわかりませんが、あなたはいつも、とても素敵にしているじゃありませんか。

フローラ　でもそれには、相応の苦労をしなけりゃならなかったんです。ああ、もう、こ

ん な嫌な話は、やめにしましょう。

アクロイド夫人 そういえば、きょうは、カリル・シェパードさんが、見えることになっていたんだわね。

フローラ そう、そうだったわ。

アクロイド夫人 （椅子に座ったまま） お茶にはもう遅いし、わたし、食事時に遅れるひとは、嫌いなのよ。

（アーシュラ・ボーンとパーカー、下手奥《しもて》より登場。パーカー、ティー・テーブルの上にカクテルなどの盆を置き、下手奥へ退場）

レイモンド （上手《かみて》前方のドアより登場） カリル・シェパードさんは、どこです？——あのひとは、ブリッジをやりに来るはずなんですがね。がっかりさせないでもらいたいもんですな！ （暖炉のほうに進む）

（カリル・シェパード、下手奥より登場、部屋を横切ってアクロイド夫人と握手する）

カリル （中央に進み） どうぞ、ご心配なく！ ブリッジなんて、たいして面白くありませんわ。（フローラのほうに歩み寄る）　フローラ嬢は、もっとずっと面白い話題をご存知です。（カード・テーブルの上に腰を掛ける）

ブラント　なんですって？

フローラ　カリルさんが、ここへ、いらしたのは、お兄さんと一緒に住んでいるお宅の、すぐお向かいに引っ越してきた妙な外国人とお会いになりたいからなのよ。カリルさんは、そのひとに、とってもご執心なのよ。

レイモンド　（中央右手のテーブルの後ろに立ちながら）　その人物がここへやって来るんですか？　あなたが、その男をご存知だったなんて、ちっとも知りませんでしたよ。

アクロイド夫人　いいえ、わたしたちだって、知りません——

フローラ　でも、ロジャー伯父様は、よくご存知なのよ。ロンドンでは、ある意味名士——大変な人気者なのよ。二、三日前に、伯父様が、そのひとをお茶にお招きになったの。

その日が、きょうなのよ。それで、きょう、伯父様が外出なさる時、もし、自分が戻るまでに、ムッシュー・ポアロ——そのひとの名前よ——ムッシュー・ポアロがお見えになったら、わたしに丁重にお迎えするようにって、おっしゃっていたの。

カリル　ポアロですって？　わたし、ポロットと聞いていました。村では、みんな、ポロットさんと言っていましたよ。

アクロイド夫人　（軽蔑するように）　そんな外国人のことに、なんだって大騒ぎするんだろうね。――わたしは、そんなひとのこと、なにも知りゃしないよ。

フローラ　ロジャー伯父様は、とてもよくご存知のようなのよ。――伯父様のお話ですとムッシュー・ポアロはフランスではもっとも名高い探偵なんですって――エルキュール・ポアロという名前よ。

カリル　（固唾《かたず》を呑《の》んで）　え、エルキュール・ポアロ？

レイモンド　そいつが、そのひと？

アクロイド夫人　エルキュール・ポアロ？　こんなところで、なにをしてるんでしょうね？

レイモンド　世界中で、最も有名な探偵ともあろうものが、ね。

フローラ　ロジャー伯父様は、あの方のことについて、あんまりお喋りしてはいけないって、おっしゃっていました。ムッシュー・ポアロが、世間の噂に上りたくないと言っていらしたことを、伯父様、ご存知だったたから。ムッシュー・ポアロが、この土地に引っ越してこられたのは、つまり、その――

ブラント　（左手のテーブルの背に体を凭《もた》せ掛けて、いくらか軽蔑するように）　つまり、その、休養をとりに、というわけでしょう。

フローラ　それもひとつの考え方だと思うわ。（手をひらひらさせながら、一同を抱え込むように）　だけど、みなさんの中の誰も、彼が何者か、わたしに納得させるような説明はできないんでしょう？　みんな、ムッシュー・ポアロが、どんな方なのか、自分流に、勝手に思い込んでいるだけなんだわ。

カリル　（立ち上がって、中央に進み）　もちろんよ。でも、空想の中の人物みたいなエルキュール・ポアロなんて――考えただけでも、スリリングじゃない。

ブラント　誰だかわからん人物が、約束の時刻を守らなかったばっかりに、われわれが、ブリッジを諦めねばならないなんて、馬鹿ばかしい話だ。

アクロイド夫人　フローラ、あなたが、そのひとを、おもてなししてくれるんでしょうね？　――わたしは、よそ者は好きじゃないし。

（パーカーが現れ、みなに告げる）

パーカー　ムッシュー・ポアロがいらっしゃいました。

（アクロイド夫人、立ち上がる。フローラも立ち上がり、奥手から現れたポアロが、前方のアクロイド夫人のほうへ歩み寄った後、それに従うように、中央奥手から前方へ進む）

ブラント　（立ち上がり）　噂の主のお出ましだ。

（ポアロ登場、帽子と手袋をパーカーに渡し、フローラに向かって一礼する。きちんとした身なり）

ポアロ　（中央のアクロイド夫人のほうに向かって、部屋を横切り）　お詫び申し上げます、奥様《マダーム》。――なんとも申し訳ございません。お恥ずかしい次第でございます。――どうか、どうか、ご容赦を。（アクロイド夫人の手にキスをする）

（アクロイド夫人は、かなり不快な表情）

アクロイド夫人　こちら娘のフローラです。（フローラはポアロの左側に立っている）

ポアロ　フローラ嬢！　（手にキスをする）

アクロイド夫人　そちらはブラント少佐。

ポアロ　（一礼して）　ああ、有名な大狩猟家の！　Mes felicitations！（慶賀の至りに存じます！）

ブラント　（フローラに向かい）　なんと言われたんです？

アクロイド夫人　そちら、レイモンドさん。

（ポアロ、お辞儀をする）

（アクロイド夫人、長椅子に腰を掛ける）

フローラ　ムッシュー・ポアロ！　あなたの隣人――ミス・カリル・シェパードをご紹介します。

（カリル、長椅子の背後から中央に進む）

ポアロ　お嬢様《マドモアゼル》！　（身を屈めて、カリルの手の上に軽く口づけをする）　Enchante de faire votre connaissance.（お近づきになれて、嬉しく存じます）――（急にあたりを見回し、当惑したように、一同に向かって）　いや、これは失礼いたしました。――みなさんの言うところの「ぼおっとした」時に、わたくしは、自国の言葉以外はすべて忘れてしまいますもので！――（振り返って、カリルからフローラに目を移す）　Mes felicitations！（慶賀の至りに存じます！）　フローラ嬢、ラルフ・ペイトン大尉とのご婚約にも、お祝いを申し上げます。

フローラ　ありがとうございます。

カリル　フローラ嬢、わたしも、とっても嬉しいわ、おめでとう！

アクロイド夫人　カリルさん、実のところ、ふたりは数週間前に婚約したんだけれど、ちょっとした訳ありで、いままで公表しなかったんですよ。（ポアロに向かって）お座りになりませんか？

（ポアロ、中央の椅子に腰を掛ける）

アクロイド夫人　この子（フローラを指さし）の伯父は、ひどく喜んでいましたけれど、——いま申しました通り、婚約は、家族だけの内輪の話にしておいたんですよ。

（レイモンド、テーブルの奥手で、ポアロに、カクテルでも差し上げましょうとフランス語で言うが、ポアロはこれを断る）

カリル　それじゃあ、ラルフとお義父《とう》さんとの間の諍《いさか》いは、もうすっかり治まったんですね。そういえば、わたし、村でラルフを見ました。あの方も、ここへ来ますの？

フローラ　ラルフを見たって？　そんなことあり得ないわ！　あの方、半年前にお義父さんと喧嘩してから、ずっとロンドンに行ったきりで、戻ってきていないはずですよ。

カリル　ええ、そうねえ。この村に戻っているとすれば、あなたが一番よく知っているはずですからね——わたしが見たのは、遠くからでしたから——わたし、確かにラルフを見たと思ったのですけど……　（疑わし気に）——わたし、間違っていたかもしれません。（部屋を横切り、中央左手の椅子に座る）

（フローラ、レイモンドを手招きし、ブリッジを始めようと身振りで伝える。レイモンド、首を振って、駄目だと合図する。——長椅子の端に立ったまま）

アクロイド夫人　（白けたその場の空気を払いのけるかのように）　ムッシュー・ポアロ、わたしどもは、さっきまで、あなたがわたしたちのことを、すっかりお忘れになっているのではないかと、心配しておりましたんですのよ。

ポアロ　ああ、奥様《マダーム》、——わたくしは、ほかのことで頭がいっぱいでございましたので——。

アクロイド夫人　（冷やかすように）　ほかのことですって？　ムッシュー・ポアロ。

ポアロ　それは、なんとも申し訳ございませんでした。ですが、いくらなんでも、泥だらけの虫けらのような格好で、こちらに参上することはできなかったのでございます。

実はわたし、庭いじりをしておったのでございます。庭と申すものは、わたくしにとりまして、美しい女性のような、実に抗しがたい魅力を持っております。わたくしは、どうしても、途中でそれをやめることができませんでした。そうしましたら、突然、教会の大時計が時を打ったのでございます。わたくしは、はっといたしました。お約束の時刻が五時だったと思い出したからでございます。

アクロイド夫人　せっかく、おいでくださったのですけれど、あなたと、ゆっくりご一緒していることはできませんの。わたし、お食事は早く始めることにしておりますので、失礼いたしますが、どうぞ悪しからず。さようなら、ムッシュー・ポアロ。

（すでにアクロイド夫人は立ち上がっており、ポアロは夫人の手をとり、軽くつづける）

ポアロ　では、マダーム。（観客に背を向ける。アクロイド夫人の左側に立ち、彼女が奥手に退くのを見送る）

アクロイド夫人　（下手に進む。カリルとブラントが立ち上がる。夫人がカリルのほうを振り向き）あなたのお兄様は、今夜、晩餐にいらっしゃることになっているのよ。（下手のアーチに達した時、フローラとブラントを顧《かえり》み）晩餐は七時半ですよ。忘れないようにね。（下手奥より退場）

カリル　（左を向き、中央の左手の椅子に座り）　ムッシュー・ポアロ――

（ポアロ、中央に立ったまま）

カリル　どういうわけでこの土地においでになりましたの？　――なにか事件でもございますの？

ポアロ　カリル嬢、わたくしの興味を惹くことが、たったひとつあるのですが、そのことで、すっかり当惑しているのでございます。

カリル　あなたが？　当惑する？　そんなことってあるんですか？

ポアロ　どういたしまして。すっかり戸惑っておりますんですよ。（微笑を浮かべ、手を振る）　それは、わたくし自身のことなのです。――わたくし自身さっぱりわからないのですが――あなたになら、たぶん、お力添え願えるかと愚考いたしておるのですが。

カリル　（いくらか当惑気味に――はにかんで）　え、ええ……。

ポアロ　お願いできますでしょうか？　（中央の椅子をカリルのほうに向け、カリルと向き合う）　つまり、こういう風な仕儀なのでございます。――わたくしは、あなたのお宅の、すぐお向かいの小さな家に、数週間、閉じ籠っておりまして、窓越しに、あなたとあなたのお兄様のご様子を拝見しておりましたんです。――ところで、これはわたくしの勝手な念願だったのでございますが、あなたのお兄様が、新しい隣人としてわたくしを訪問してくだされればと考えておりました。ところが、お兄様は、一向に来てくださらない。そこで、わたくしは、「一計」を案じました。お兄様はお医者様ですね。とすれば、お医者様としてなら、お呼びしていいはずだと！　わたくしは、お兄様をお呼びいたしました。「どこがお悪いんですか？」とお兄様は、おっしゃいました。わたくしは、「ホーム・シックなんです」と答えました。「ホーム・シック」と言えば、お兄様はきっと、わたくしを招いて慰めてくれると愚考したわけです。ところが、なんと、お医者様がおっしゃられるには、「そんな病気は、わたしには治せない。――もし、本当に『ホーム・シック』なら、お国へお帰りなさい」――そして、お医者様は、わたくしに、窓越しに外を眺めるようにと。

カリル　（笑いながら）　いかにもジェームズらしい言い草ね！

ポアロ　あなたのお兄様は、ユーモアということが、おわかりにならない。

カリル　それは、残念なことですわね。

ポアロ　お兄様を非難なさらないでくださいまし。これは本意ではありませんです。

カリル　それはともかく、ムッシュー・エルキュール・ポアロ、あなたに、こんな風にしてお目にかかるのは、ロマンティックではありませんわね！

ポアロ　今はロマンティックな時代ではありませんよ、カリル嬢！

カリル　こんな風にしてお会いするのは、普通の人間が、ごく普通にお会いするやり方です。ところが、あなたは普通の方ではありませんね。ですからわたし、普通でない方法でお目にかかりたかったのです。（口早に）そうなったら、どう感じていたでしょうね？　まあ、それだけの話なんですけど。

ポアロ　（失望したように）ああ、あなたもやはり英国人《セゾングレーズ》でいらっしゃいますね！　残念でございます。カリル嬢、きょう日《び》の若いお嬢さん方には、もうロマンスはないのでございますよ。ただ、冒険ということになると、これが、ひどく多いようで——

カリル　ですけれど、わたしには、冒険なんてこと、少しもありませんが——

ポアロ　（首を振りながら）冒険というものは、いつぶつかるか、わからないものでございますから——

カリル　ムッシュー・ポアロ、殺人者だとか、ほかの犯罪者だとかに付き合って、彼らを締め上げていくなんて、さぞや素敵なことなんでしょうね？

ポアロ　どういたしまして、カリル嬢、わたくしは犯罪者などとは、付き合いませんし、わたくし自身の手で、彼らを縛《しば》り首にするなどということは、いたしませんのですよ。ですが、若いご婦人には、こんな恐ろしい話は、向きませんね。

カリル　わたし、あなたのようなご生活——犯罪者に遇って、そうした連中を縛り首にするという生活に憧れているの。――ところで、あなた、今晩、若い女性がお願いしたら、彼女と食事を共にするという危険を冒す勇気をお持ちになれまして？　――もし、あなたが、承知してくださいませんと、わたし、今晩は、独りぼっちになりますの――兄は、当家で、晩餐に招かれておりますもので――

ポアロ　（立ち上がって、一礼する。満面に笑みを浮かべ）危険を冒すことは、わたくしの職業でございます。カリル嬢、喜んでお受けいたします。――わたくしの「ホーム・シック」に、大変楽しい処方箋を書いてくださったことに、心より御礼申し上げます。（カリルに近づき、手にキスをする）

カリル　（立ち上がり）では、わたし、ひと足先に帰って、お食事の用意をいたします。

フローラ　（立ち上がり）あら、もうお帰り？　カリルさん。

カリル　ええ、失礼しなければなりません。

ポアロ　カリル嬢、わたくしの車でお送りしましょうか？　――どうせ、同じ道なのですから。

カリル　それは、ありがとう。

ポアロ　（下手奥に進み、ブラントとレイモンドにお辞儀する）よき夕べ《ボン・ソワール》を、ブラント少佐、ボン・ソワール、レイモンドさん――

カリル　（近づいてきたフローラにキスをし、小さな声で）ムッシュー・ポアロは、今晩、わたしと一緒にお食事なさるのよ。（ポアロと共に下手奥に進み、レイモンドとブラントに向かって）　ごきげんよう！

（一同、囁くように「さようなら」と言う）

（フローラとカリル、下手より退場。奥手にポアロは、もう一度お辞儀をして、両人につづいて退場）

（レイモンド、彼らの後ろ姿を見送りながら立っている――両手をズボンのポケットに入れたまま）

レイモンド　いま何時です？　ブラントさん。

ブラント　（時計を見て）　おや！　十五分過ぎだ、風呂に入らねばならん。（下手奥より退場）

（レイモンド、つづいて退場しようとする――フローラが戻ってきて、中央左手前に進み、レイモンドと対面する）

フローラ　ジェフリー――

レイモンド　え、なんです、フローラ嬢？

フローラ　いまなら、まだ、ほんの少しチャンスが残されているとは、思わない？――ああ、そんなこと、どうでもいいのかもしれないけど……。

レイモンド　どうでもいいとおっしゃるんですか？

フローラ　そう、どうでもいいんだわ。

レイモンド　あの、可哀想なブラント少佐のことですね。彼、あなたとラルフ君の婚約の話を聞いた時、ひどくがっかりしていましたよ。

フローラ　あなたも、そう思う？

レイモンド　なにしろ、少佐はひどい金欠になっていたんです。そして彼は、ロジャー伯父様から、あなたに、ごっそりとお金が入ることを知っておりましたから。

フローラ　ジェフリー、下品なことを言うもんじゃないわ。

レイモンド　申し上げておきますがね、彼はわたしの半分も、あなたに敬意を払っていませんよ。

（ボーン、上手より登場）

（レイモンド、中央奥手の書斎に入る）

フローラ　ああ、ボーン、綺麗なグラスを持ってきてくれない？
ボーン　かしこまりました、お嬢様。

（フローラ、下手に進む。廊下のところで、ロジャー・アクロイド卿と会う）

フローラ　あら、伯父様。
アクロイド　やあ、フローラ。

（アクロイド、中央右手に進み、書斎にいるレイモンドを見る）

アクロイド　レイモンド！
レイモンド　はい。（アクロイドに近づく）
アクロイド　ムッシュー・ポアロは、お見えになったかな？
レイモンド　はい。お見えになって、もうお帰りになりました。
アクロイド　なんということだ！　なぜ、お引き止めしておかなかったんだ？　――わしはいま、シェパード先生を待っておるんでな。上階《うえ》で着替えをしてから、また降りてくる。（レイモンドの前を横切る）

（レイモンド、下手奥より退場）

アクロイド　（中央右手のテーブルのところで、ボーンと会う）　お前、なにをしとるんだね？　うむ、ま、よい、よい。（右手、階段より退場）

（ボーン、上手に顔を向け、新聞を片付ける。その時、ラルフ・ペイトン、下手フランス扉から登場。素早く静かに、右手テーブルの左側に進む）

ラルフ　アーシュラ！

ボーン　ああ、ラルフ、ラルフ！　（振り向いて、ラルフのほうに突き進む）

ラルフ　（小声で）　大声を立てるんじゃない！　家中、大騒ぎになるじゃないか！　（帽子を中央の椅子の上に置く）

ボーン　（ラルフにすがりつく。ラルフ、キスをする）　あなた、びっくりさせないでよ。あなた、ここへおいでになっては、いけませんのよ。たったいま、旦那様が、上階へおいでになったばかりなのよ。

ラルフ　（抗弁するように）　ねえ、お前、僕は長年、この家で暮らしてきているんだから、家の中のしきたりは、どんなことでも心得ているんだよ。いま頃は、みんな、上階で着替えをする。かたやお前は、この部屋で、いまやっているようなことをするわけだ！　ね、わかっただろう？

（両者抱擁、キスを交わす）

ボーン　旦那様に見つからなかったのは、まるで奇跡のようなものです。

ラルフ　それは、十分気をつけていたからさ。――それはともかく、お前は、すぐ逢いたいって、ロンドンに電報をくれた。だから僕は、最初の汽車で、飛んできたんだよ。

ボーン　お着きになったのなら、ここへ来るなんてことなさらないで、誰かに言伝《ことづて》でも託してくだされればよかったのに。そうすれば、わたし、どこでお逢いするか、お知らせしたのに――

ラルフ　村で誰かに手紙を頼むなんてこと、できなかったんだよ。すぐに怪しまれるからね。

ボーン　（はっとしたように）あ、ごめんなさい、シェパード先生がいらしたみたい。

ラルフ　（中央の椅子から帽子を取り上げ、下手から中央奥手に移る）ところで、どこで逢えるかな？

ボーン　東屋《あずまや》で、九時半。早く！　早く！

（ラルフ、中央奥手の書斎に入り、左側の柱の陰に隠れる）

（ボーン、短剣を挿《はさ》んだ小説本を取り上げ、マントルピースの上に置く。その時シェパード医師、下手のフランス扉より登場。鞄を左手の物置台の上に置き、部屋を横切って、右手に移る）

シェパード医師　今晩は、ボーン。

ボーン　今晩は、先生。（右上手に退場）

（パーカー、下手奥より登場、前方へ進む）

シェパード医師　（パーカーに向かい）　ロジャー卿は、お帰りになったかい？　（外套を脱ぐ）

パーカー　（シェパード医師の外套を受け取りながら）　いくらか遅くおなりでございました。――ただいま、お着替え中でございます。

シェパード医師　ああ、パーカー。わたしの鞄は、玄関ホールのほうに置いておいてもらおうか。

パーカー　はい、そういたします。旦那様は、どこも、お悪くないんでございますね？

シェパード医師　そうだよ。――村のほうでひとり、お産になりそうなんだよ。だから、いつ呼ばれるか、わからないんだ。

パーカー　お産でございますか？　わたくしに、なにかまた、仕事が増えなければ、よろしいのですが――

シェパード医師　今度のは、大丈夫さ。

パーカー　それなら安心しました、はい。

（パーカー、シェパード医師の外套と鞄を持って、下手奥より退場）

（パーカーの退場と共に、ラルフ、書斎より現れ、長椅子の左手に進む）

ラルフ　先生！

シェパード医師　おや、ラルフじゃないか！（両手を、ラルフの両肩に優しく置く）

ラルフ　（帽子を中央の椅子の上に置く）そんな大きな声を出さないでください――僕がここにいることは、誰も知らないんです――僕はこっそり忍び込んできたんです――泥棒みたいにね――だけど僕は泥棒じゃない！（吐き出すように言う）

シェパード医師　君がここへ来たとは、僕も全然知らなかったよ。

ラルフ　きょう着いたばかりなんです。今晩は《白馬亭》《ホワイト・ホース》に泊まるつもりです。それはともかく、お目にかかれて嬉しかった――この忌々《いまいま》しい土地で、会って嬉しいのは、先生だけですよ――

シェパード医師　この土地に、なにかまずいことでもあったのかね？

ラルフ　ここでは話しきれない長い経緯《いきさつ》があるんです。――僕は、すっかり頭が混乱してしまった。これからどうしていいのか、さっぱり見当がつかないのです。

シェパード医師　いったい、どうしたんだね？

ラルフ　あの、呆れた義父《おやじ》のことなんです。

シェパード医師　お義父《とう》さんが、どうしたというんだい？

ラルフ　まだ、どうした、というところまではいっていないんですが、これからきっと、やるに違いないんです。

シェパード医師　（ラルフの肩に手を掛けながら）　それは君にとって、本当に重要なことなのかい？

ラルフ　今度という今度は、すっかり参ってしまいました。どうしたらいいのか、わからないんです。――どうにも、しようがないんです。

シェパード医師　僕にできることがあったら――わかっているね、ラルフ、僕は君のためなら、なんでもしてあげようと思っているんだよ。

ラルフ　よく、わかっています。先生は親切な方だ……ですが、今度の問題には関係しては、そうしていただくわけにはいかない——さよなら、先生。（帽子を取り上げる。フランス扉から出ていこうとして、振り返る）先生、僕と会ったことは、誰にも言わないでください！

（庭園に通じる下手フランス扉から、急いで退場、扉は開いたままになっている）

（シェパード医師、しばらくの間、思いあぐねたように立っているが、なにか意を決したように、フランス扉のほうに進む）

（ロジャー・アクロイド卿、ディナー・ジャケットを着て登場、気ぜわしく興奮している様子）

アクロイド　ああ、シェパード、よく来てくれました。実に嫌な話があるんだ。

シェパード医師　なにか間違いでも？　ラルフのことですか？

アクロイド　（呆気にとられたように）ラルフ？　（疲れたように、顔をなでながら）ラルフの話はやめにしてくださらんか。（驚いたような口調で）あれはいま、ロンドンにいるんですよ！　ちょっと、あの窓（フランス扉を指す）を閉めてくださらんか。

（シェパード医師、扉を閉め、中央に進み、さらに、暖炉のほうに移動する）

アクロイド　（額に手を当てて）　わしは、自分でも、なにをしているのか、さっぱり、わからんのです。

シェパード医師　いったい、どうなさったのです？　ロジャー卿。

アクロイド　（右手ドアのところへ行き、しっかり閉まっているか確かめ、右手の椅子をテーブルに引き寄せ、腰を掛ける）　わしはまるで、地獄にいるような気分だ！　さあ、ここへ来て、腰を掛けてください。

（シェパード医師、中央の椅子をテーブル近くに寄せ、腰を掛ける。パーカー、下手奥より登場）

アクロイド　（驚いて）　誰だ？

パーカー　はい、わたくしめにございます。

アクロイド　しばらくの間、わしをほっとくことは、できんのか？

パーカー　はあ、ただ、カーテンを閉めに参りましたので。

アクロイド　うむ、いや、そのままにしておいてよい。

（パーカー、下手奥より退場）

アクロイド　（シェパード医師に向かい）　シェパード、わしは、なんとなく誰かに監視されとるような気がして、ならないんだよ。つまり、スパイされとるような感じがするんだ。（不安気に右手のドアを見る）

シェパード医師　スパイされている？　――それはどういう意味です？

アクロイド　（テーブル越しにシェパード医師のほうへ身を乗り出し）　シェパード、この二十四時間というもの、わしがどんなに苦しんできたか、これは誰にも想像がつかんと思う。もし、誰かの家が、いきなり廃墟のようになるようなことがあるなら、それはいま、わしが体験していることだ。もちろん、あのラルフのやつも、わしに随分と苦労を掛けたが、それはいま、問題にすることではない。わしがいま、悩んでいるのは別のこと――別のことなのですよ！　わしは、いったい、どうしてよいのか、自分でも判断がつかんでおるのです。だが、わしは、いますぐにでも、決心を固めてしまわねばならんのです。

シェパード医師　ご心配というのは、いったい、どんなことなのです？

アクロイド　（しばし沈黙の後）　シェパード、君は確か、あのアシュレイ・フェラーズが最後に伏せった時に診察したはずだったと思うが、そうだね？

シェパード医師　（意外そうに）　ええ、そうです。僕が診《み》ました。

アクロイド　その時、君は、彼の死が自然死ではないということに、気がつかなかったかね？

シェパード医師　（沈黙の後）　妙なことをおっしゃいますね。実を申しますと、診察した時は、なんの疑いも抱かなかったのですが、その後——ほかのひとの愚かなゴシップ話を聞いているうちに、ふと、思い当たることがありましてね。それから以後、それが、どうも僕の頭から離れないのですが、——しかし、僕のこの疑惑には、なんの根拠もないのですから、どうぞ、そのおつもりで、お願いします。

アクロイド　彼は毒殺されたのです！　（沈痛な面持ちで）

シェパード医師　えっ？　毒殺ですって？　それは、いったい、どういう意味なんです？

アクロイド　自分の妻に、やられたのです！

　それで、誰に毒殺されたというのですか？

シェパード医師　（驚いて）　そんな——すでに死んでしまっていて、自分で弁明できない夫人に罪を着せるなんて、大問題ですよ！

アクロイド　わしは、彼女自身から、それを聞かされたのです。

シェパード医師　それは、いつのことです？

アクロイド　きのうです！　つい、きのうのことです。それなのに、もう十年も経ったような気がする。シェパード、——君の助言を求めたい。わしは自分ひとりで、この重荷を背負っていることは、とてもできんのです。

シェパード医師　なんでまた、フェラーズ夫人が、あなたに、そんな告白をすることになったのですか？

アクロイド　三か月前に、わしは彼女に結婚を申し込んだのだが、その時は断られた。その後、また申し込んだのだが、今度は承諾してくれた。だが、その時、彼女は、夫の喪が明けるまで、婚約の発表は待ってもらいたいと言うた。きのう、わしは彼女を訪ねて、彼女の夫が亡くなってから、もう一年と三週間も経ったのだから、婚約の発表をしても差し支えなかろうと言うたのです。わしはこの数日、彼女の態度に、不可解なものがあることに気がついておったのだが、わしが婚約の発表のことを口にすると、彼女は、なんの予告もなしに、不意に泣きじゃくりながら、すべてを打ち明けたのです。あのケダモノの夫が、ますます嫌になり、わしに対する愛情は、つのるいっぽう、——そして、彼女は、とうとう、恐るべき手段をとってしまった。毒殺！　なんという冷酷なる殺人！　（恐怖で打ちのめされたようになる）

シェパード医師　恐ろしい話です！

アクロイド　（前の会話の頃から、声が低くなり、語調も単調になっている。――同じ口調でつづける）　そうです。彼女は、すべて、打ち明けてしまったのです。その話によると、実は、誰かひとり、彼女の犯行を知っていた者がいた。そいつが絶えず、彼女を脅しては、多額の金を強請《ゆす》っておったのです。彼女は、張り詰めた気持ちと恐ろしさのため、気が狂いそうになっていた。

シェパード医師　そいつは何者なのです？

アクロイド　（ゆっくりと）　彼女は、わしには言わなかった。

シェパード医師　でも、あなたには、誰か、お心当たりがあるんでしょう？

アクロイド　わしの頭をかすめた、馬鹿ばかしい疑念があった。しかし、そんなことを考えるなんて、狂気の沙汰だ。君に話をすることとさえ、憚《はばか》られる。だが、これだけは言っておこう。彼女の口ぶりから察するところ、どうやら、そいつは、わしの家族の中に潜んでおるようなのだ。

シェパード医師　なんですって？

アクロイド　しかしながら、この事件について、わしにはわしの義務がある。彼女は、一切を打ち明けることによって、わしを事後従犯にしてしまったわけです。わしが、そのことに想いをいたす前に、彼女は察知したらしい。おわかりと思うが、わしは、茫《ぼう》然《ぜん》としてしまった。彼女はわしに、二十四時間の猶予《ゆうよ》を乞うた。――つまり、二十四時間経つまでは、なにもしないということを約束させたのです。そして彼女は、その脅迫者の名前を、わしには頑として言わなかった。

シェパード医師　なぜでしょう？　わかりませんな。

アクロイド　それは、わしが、その場からでも、その男のところへ駆けつけて行くだろうと心配したからだろう。そうなれば、なにもかも、明るみに出てしまうからだ。彼女は、二十四時間の内に、わしに、そのことを知らせると言うた。（狂気じみて）ああ！　だが、シェパード、わしは君に誓って言おう。わしは、その時、彼女がどんな決心をしていたか、まったく気がつかなかったのだ。――それは、自殺だった！　わしが、間接的にせよ、彼女を自殺に追いやったのだ！

シェパード医師　いや、いや、そう、物事を大袈裟《おおげさ》におとりになってはいけませんよ。彼女の死について、あなたが責任を感じる必要は、少しもありませんよ。

アクロイド　わしはいま、なにをすべきなのだろうか？　それが問題なんだ。彼女を自殺にまで追い詰めた憎むべき人物を、このままにしておいて、よいのだろうか？　その人物――男だか女だかわからんが――その人物は、彼女の犯した罪を知っていた。そして、それを種に、貪欲《どんよく》な禿鷹《はげたか》のように、彼女に食らいついていたのだ！　彼女は死によって、自分の罪を償《つぐな》った。それなのに、この禿鷹は、なんの償いもしないというのか？　――いや、わしは、戦わねばならん。だが、戦うとなれば、いろいろなことを公《おおやけ》にせねばならん。——わしが迷っているのは、この点だけなのだが。

(晩餐を知らせるゴングが、上手奥から聞こえてくる)

(しばしの沈黙。ロジャー卿、あたりを見回す)

アクロイド　ところで、シェパード、この問題は、このままにしておこうか？　もし、彼女から、なんとも言うてこなかったら、過ぎたことは過ぎたこととして、葬り去ってしまおうか？

シェパード医師　(驚いて、アクロイドを、しげしげと見ながら)　彼女から、なんとも言ってこなかったら、ですって？　なにをおっしゃるんです。彼女は死んでいるんですよ！

アクロイド　どこで、どういう方法で——ということは、わからんが、彼女は死ぬ前に、わしに対する言伝を、必ず残していったに違いない——と、わしは確信しておるのです。

シェパード医師　ですが、ロジャー卿——

アクロイド　わしは、この問題で議論する気はない。だが、言伝は、必ず、ある。

シェパード医師　(首を振りながら)　ですが、彼女は、手紙とか伝言の類は、なにも残していきませんでしたよ。――少なくとも、今朝、僕が診察した時の状況からすれば――

アクロイド　シェパード、わしは、彼女が必ず、必ずなにがしかのものを残していると確信しているんですよ。彼女は周到に死を選んだ。その時に彼女は、すべてのことを明らかにしようとしたのだ。脅迫者に対する復讐のためだけにも――

（シェパード医師、椅子に深く腰を掛け直し、前方を見る）

（短い間合い）

アクロイド　君はわしの確信を信じることができるかね？

シェパード医師　それは、そうしたいです。ある意味では、あなたが言われたように、もし、彼女から――

（パーカー、銀の盆に、細長い青色の封書を載せて、下手から登場）

アクロイド　パーカー、なんだね？

パーカー　旦那様にお手紙でございます。（アクロイドの右側に進む）

（アクロイド、手紙を受け取る）

アクロイド　（しばらく手紙を見つめ）　よろしい。

（パーカー、奥手に行き、立ち止まり、さらにアクロイドの背後を通って、上手ドアより退場）

（ロジャー卿、パーカーの立ち去るのを見送りながら、シェパード医師に向かって囁く）

アクロイド　ほら、シェパード、彼女の筆跡だよ！

（アクロイド夫人、下手奥より登場。アクロイドが、シェパード医師に手紙を示しているのを目撃する。アクロイド、手紙をポケットにしまう）

アクロイド夫人　（中央に進み）　おや、先生！

（シェパード医師、立ち上がる）

アクロイド夫人　（アクロイドのほうを向き）　あら、ロジャー、――お帰りだったの？　ご一緒にお食事しませんこと？

アクロイド　（シェパード医師に向かい）　アクロイド夫人を、連れて行ってくださらんかな。

シェパード医師　（アクロイド夫人に手を貸し）　フェラーズ夫人についての恐ろしい――

（アクロイド夫人、それ以上言うなという仕草。両者、上手前方より退場）

フローラ　（登場）　伯父様、ご機嫌よう。（上手より退場）

ブラント　（登場）　今晩は。

アクロイド　やあ、今晩は、ブラント。

（ブラント、上手より退場）

（アクロイドが、ポケットから手紙を取り出して見ている時、レイモンド登場。アクロイド、手紙をポケットに戻す）

レイモンド　（中央を左手に進み、アクロイドの心配そうな様子を窺《うかが》う）　なにか、ございましたか？

アクロイド　（立ち上がり、不愛想に）　いや。――なんでもない。なんでそんなことを訊くんだ？　（振り向いて、上手より退場）

（レイモンド、中央から右手に進み、アクロイドを見送り、時刻を確かめるために腕時計を見る。上手より退場）

――幕――

第二場——場面、第一場に同じ

時刻——晩餐の後

正面奥手に見える両開きのドアは閉まっている。左手のカード・テーブルの前方の物置台《スツール》は、中央右手のテーブルのそばに据えられている。中央右手にあった椅子は、左手前方の物置台のあったところに、置かれている。

開幕

フローラ、右手の椅子——前場に比べて、より暖炉の近くに引き寄せられている——に腰を掛け、本を読んでいる。アクロイド夫人は、下手のテラスにおり、その姿は見えない。フローラ、顔を上げて、母親が建物の外に出たことを知り、立ち上がる。そして腹立たしそうに、本を右手の机の上に放り出す。——それから、フランス扉のところへ行き、

フローラ　(呼ぶ)　お母さん！　(部屋を横切って、再び右手の椅子に腰を掛け、本を取り上げる)

アクロイド夫人　(下手のフランス扉より入ってくる)　はいはい、——なんだっていうの？　(中央を進む)　フローラ、お前どうしたの？　お前だけじゃない、みんな、どうしたんでしょう？　わたしたち、今夜これから、ブリッジをしようとしていたんじゃない？　ブラント少佐は、魂が抜けたように、テラスを行ったり来たりしていたよ。

フローラ　ブラント少佐のことなんか、そんなに、あれこれ言わないでよ。

アクロイド夫人　あのひと、わたしを見たら、急に、こそこそとテラスの端のほうへ、行ってしまったの——なにを怖がっているんだろうね。

フローラ　もし、そうだとしたら、お母さん、あなたこそ、こそこそとして、いったい、何を怖がっているの？　あのひとのことを、スパイでもしてるんじゃない？

アクロイド夫人　わたしがスパイをしてるだって？

フローラ　そうじゃないの。まるでスパイみたいな行動よ。

アクロイド夫人　(中央に進み)　それはともかく、伯父さんはまだ書斎においでかい？

フローラ　ええ、そのはずよ。シェパード先生とご一緒のはず。

アクロイド夫人　いいえ、シェパード先生は、ご一緒じゃないのよ。先生は、もうだいぶん前に、お帰りになったはず。パーカーがそう言っていましたよ。——ああ、わたし、すっかり疲れてしまった。どれ、寝《やす》みましょうか。

フローラ　（時計を見上げて）　お母さん、まだ九時を二十分過ぎたばかりよ。

アクロイド夫人　そう、ちょっと早過ぎたかしらね。でも、寝るってことは、こんな神に見放された家では、たったひとつの楽しみだもの。静かにして、自分の惨めさを考えることができるのはベッドの中だけですよ。（フローラにキスをして、左奥手に行き、振り返ると）　あ、フローラ……いや、なんでもありません。（下手奥より退場）

（フローラ、立ち上がり、左奥手の廊下のほうへ進む。ボーン、右手の階段を下りてくる。フローラ、その足音を聞きつけて、ボーンを見る）

フローラ　あら、ボーン、お前、伯父様の寝室で、なにをしていたの？

ボーン　（中央右手）　奥女中《ハウスメイド》がひとり外出しておりますし、ほかの者も加減が悪く、伏せっておりますので、わたくしが代わりに、寝室の仕事をいたしたのでございます。

フローラ　あら、そう。それにしては、少し時刻が遅過ぎやしない？

ボーン　はい。すみませんでした。わたくし、ベッドメイクに慣れておりませんものですから、つい手間取ってしまって。

フローラ　そうなの。じゃ、おやすみ。
ボーン　おやすみなさいませ、お嬢様。（下手奥より退場）
（フローラ、右手階段より退場）
（フローラの退場と同時に、パーカー下手前方より登場、大きな盆の上に、ウィスキーの壜、ソーダ水のサイフォン、四個のグラスが載っている。盆を右手のテーブルの上に置く）
（レイモンド、下手奥より登場）
（その時、中央奥手の書斎より、話し声が聞こえてくる）
レイモンド　（立ち止まり、耳を傾ける）書斎にいるのは誰だ？　シェパード先生かな？
パーカー　いいえ、シェパード先生は、もうお帰りになりました。ちょうど――
レイモンド　そうか！
（書斎の中から聞こえてくる声――「近頃になって、わたしの財布への金の請求が、ますます頻繁になってきている。君の要求に応ずることは、不可能だと危惧《きぐ》している。そのうえ……」）

レイモンド　おや、今夜は誰かを叱りつけているようだな。僕じゃなくて、よかった。
パーカー　さようでございますな。(ウィスキーを注ぐ)

(ブラント少佐、下手のフランス扉より登場、部屋を横切って、右手のテーブルに進む)

レイモンド　やあ、僕はいま、あなたをお探ししていたところなんですよ。
ブラント　パーカー、お前は、ここでなにをしているんだね?
パーカー　はい、お飲み物をおつくりしております。(ソーダ・サイフォンを手にする)
ブラント　フローラ嬢は、どこだい?
パーカー　アクロイド奥様とフローラ様は、もう、おやすみになられました。
ブラント　なんてこった!
パーカー　なんと、おっしゃいました?
ブラント　なんてこった、畜生――と言ったんだ!
レイモンド　まあまあ、ビリヤードでも、どうですか?
ブラント　ああ、やるさ!
レイモンド　パーカー、飲み物はビリヤード室に持ってきてもらおうか。

（レイモンド、ブラントにつづき、右手前のドアに進む）

パーカー　（レイモンドに向かい）今夜はもう、ほかにご用はございませんでしょうか？

レイモンド　（右手ドアのほうを向いたまま）ああ、ないよ。

パーカー　ありがたや！

レイモンド　（戸口で振り返り）なんだって？

パーカー　いえ、なんでもございません。なんでも――

（レイモンド、ちらりとパーカーを見て、上手より退場、パーカー、飲み物の盆を持ってそれにつづく）

（パーカー、上手より再び現れる。忍び足で、中央奥手のドアに近づき、聞き耳を立てて、内部の様子をうかがい、二度ノックをする。それから下手フランス扉のところへ行き、窓を閉じ、カーテンを閉めてから、左奥手に進み、照明のスウィッチを切り、廊下に入って玄関ホールの照明スウィッチも切る。フローラが右手階段を降りてきて、中央奥手のドアに達した時、パーカーが急に気を変えたように姿を現し、玄関ホールと左奥手の照明を点け、部屋の中に戻ってくる。その時、フローラは書斎のドア・ノ

ブを握ったまま立っている)

フローラ　あら、パーカー?

パーカー　(ひどく驚いた様子で)　これは失礼いたしました、お嬢様。わたくし、やすみます前に、なにか、ほかにご用はないかと、旦那様にお伺いにあがったところでございます。

フローラ　もう、いいのよ。わたし、たったいま、伯父様に「おやすみなさい」と申し上げたところなの。伯父様は、お前に、今夜は、もうなにも欲しくないから、邪魔しないように伝えてくれ――とおっしゃっていたわ。

パーカー　さようでございますか、お嬢様。(左奥手に進む)

フローラ　ブラント少佐はビリヤード室においでなの?

(パーカーは、左奥手のアーチの下にある照明のスウィッチのそばまで来ている。フローラの声に振り返り)

パーカー　はい、さようでございます、お嬢様。

フローラ　では、明日の朝十時に、お庭でお目にかかりましょうと、少佐に伝えておくれ。

じゃ、おやすみ。(左奥手に進む。パーカー、フローラの左手に立つ)

パーカー (フローラとすれ違う時、一礼する) おやすみなさいまし、お嬢様。

(フローラ、下手奥より退場)

(パーカー、照明を消す)

(時間の経過を示すため、いったん、幕を降ろす)

(開幕。——舞台は暗闇。左奥手よりベルの音が聞こえてくる。——一瞬止まり、再びベルの音。——パーカー、玄関ホールの照明を点ける。——下手のフレンチ扉に激しいノックの音)

パーカー どなた? どなたでございます?

シェパード医師 (戸外の声) シェパード医師だ。開けてくれ。

(パーカー、カーテンを引き、フレンチ扉を開く。シェパード医師、以前、左手前方の物置台の上に置いた鞄を提《さ》げて入ってくる)

(シェパード医師、中央に進む。パーカー、窓を閉める。シェパード医師は、ひどく

動揺している)

シェパード医師　(中央)どこにおいでだ?

パーカー　(中央左手)どなたが、でございますか?

シェパード医師　お前のご主人が、だよ。

パーカー　旦那様でございますか?

シェパード医師　そうだ、どこにおいでだ?

パーカー　それは……どういうお話でございましょう?

シェパード医師　おい、しっかりしてくれ。——十分前に、お前が電話をしてきたんじゃないか。

パーカー　電話?　どんな電話でございますか?

シェパード医師　お前のご主人が死んだ——殺されたという電話だ。

パーカー　旦那様が、殺された?

シェパード医師　そう、お前がそう言って、電話をよこしたんじゃないか。

パーカー　わたくしが、でございますか?　そんな電話を差し上げた覚えは、ございません。

シェパード医師　パーカー、お前!

パーカー　はい、お電話は、いたしておりません。（はっきりと言明する）
シェパード医師　すると、お前は、わたしが誰かに担がれたとでも言うのかね？　ロジャー卿には、なんの変わりもないと言うんだね？
パーカー　わたくしの知っております限り、旦那様には、なんのお変わりも、ございません。（そこで、とつぜん思い当たったように）先生、その電話は、わたくしの名前でかけられたので？
シェパード医師　電話で聞いた通りを、はっきり聞かせてやろうか。わたしが、ちょうど、妹とムッシュー・ポアロと話していた時、電話がかかってきたのだ。——「シェパード先生でいらっしゃいますか？　こちら、ファーンリイ・パークのパーカーでございます。すぐ、おいでくださいませんか？　旦那様が——（ここで、少し途切れる）殺されたのでございます」と言ったんだ。
パーカー　さっぱり、わかりかねます。冗談にしても、程というものがございます。
シェパード医師　そうだとすれば、許しがたい話だが。ところで、ブラント少佐とレイモンドさんは、どこにおいでだね？
パーカー　ビリヤード室でございます。ご婦人方は、もう、おやすみになられました。
シェパード医師　そちらにも電話はあるのかね？
パーカー　はい、ございます。

（シェパード医師、右手ドアのほうに進む。パーカーは、奥手廊下のほうに進む）

シェパード医師　ちょっと待て、パーカー。

（パーカー、戻ってくる。シェパード医師、書斎のドアのところへ行き、ノブを回してみてから、驚愕の表情を浮かべて、パーカーのほうを振り向く）

シェパード医師　ドアに鍵がかかっている。

パーカー　鍵がかかっているのでございますか？（ドアに近づき）ごめんくださいまし。（ドアを確かめ、それから、片膝を床について、片目を鍵穴に当てる）鍵は、内側から鍵穴に差し込まれております。旦那様は、ご自分で鍵をおかけになって、ひと眠りなさってしまったのでございましょう。

シェパード医師　それなら、お前のご主人を起こしてみようじゃないか。（ノブをガチャガチャいわせながら、呼びかける）ロジャー！　ロジャー！（聞き耳を立てるが、返事はない）家中を騒がせるつもりはないんだが。

パーカー　それなら、ご心配には及びません。家の中で聞いている方など、ございませんでしょうから。

（シェパード医師、振り返って、ドアを激しく叩き、大声で呼びかける）

シェパード医師　ロジャー！　ロジャー！　シェパードです！　中に入れてください。（中央前方に進み出て）嫌な予感がする。

パーカー　さようでございますね。（両者、互いに顔を見合わせる）

シェパード医師　ロジャー卿は、深刻な、危機的状況にあるような気がする。

パーカー　わたくしも、そう思います。

シェパード医師　パーカー、ドアを押し破って中へ入る。お前も力を貸してくれ。責任は、一切わたしが負うから。

パーカー　（躊躇《ちゅうちょ》しながら）は、はい。先生が、そうおっしゃるのなら――

シェパード医師　なにがなんでも、やらねばならん。なにか間違いがあったに違いない。

（シェパード医師、錠を壊そうとするが、うまくいかず、パーカーに蹴破るように命ずる。パーカー、懸命に試みた末、数度目に、ドアが内側に開き、その途端に、木片やガラス片が飛び散る）

（書斎内部――ロジャー・アクロイド卿が、安楽椅子に座っている。頭がいっぽうに傾き、身体は沈み込んでいる。彼の上着の襟《えり》の下には、短剣が刺さっている）

パーカー　（よろめき後退しながら叫ぶ）　ああ、なんてことだ！　――そこに――ロジャー卿が――

シェパード医師　パーカー、急いで、わたしの鞄を持ってきてくれ。

（パーカー、左前方の物置台から鞄を取り上げ、シェパード医師の許に持ってくる）

シェパード医師　向こうへ行って、レイモンドさんを呼んできてくれ。

（パーカー、行こうとする）

シェパード医師　それから、ここのドアを閉めて、すぐに警察に電話しろ。

（パーカー、ドアを閉めて、下手より退場）

（レイモンド、上手前方より登場）

レイモンド　シェパード先生！　シェパード先生！　（奥手に進み、書斎のドアを押し開け――安楽椅子の死体を見て、後ずさり、ヒステリックにすすり泣くような声を発する）

（シェパード医師、鞄を携《たずさ》えて書斎から出てくると、それを長椅子の上に置く）

（パーカー上手前方より登場。――急ぎ左手へ進む）

パーカー　わたくしは、ひとっ走り、邸の門が開いておりますかどうか、見て参ります。

（下手より退場）

（ブラント少佐、上手前方より登場。シェパード医師、死体のほうを指し示す。ブラント、書斎のほうへ進む）

ブラント　なんてことだ！　（レイモンドのほうに歩み寄り、その肩を叩く）

（レイモンド、ヒステリックにすすり泣きながら、中央左前方に立ち、その後、左手の

テーブルの右側の椅子に腰を掛ける。ブラント、書斎に入り、あたりを見回してから、元の位置に戻る）

ブラント　アクロイド夫人やフローラ嬢に、このことは？　朝になるまで、彼女たちに、このことを知らせずにおけるかな？

レイモンド　いま、彼女たちに知らせる必要はないですよ。

シェパード医師　警察が来るまで、われわれは、なにもせずにいるほうがいい。

パーカー　（下手より登場。レイモンドの肩を叩き）　レイモンド様、デイヴィス警部がお見えです。

レイモンド　（立ち上がって、中央左奥手に進む）　よろしい、パーカー。

（デイヴィス警部、下手より登場。中央左手に進む。パーカー、あちこちのスウィッチを入れて、部屋を明るくする）

デイヴィス警部　今晩は、先生、今晩は、レイモンドさん。

（部屋に入り帽子を脱ぐ）

デイヴィス警部　とんでもないことですな――実に立派な紳士だったのに。（間合い）ご遺体は、動かさなかったでしょうね？

シェパード医師　ええ！　わたしが、脈があるかどうかを確かめたほかは――なにも手を触れていません。

デイヴィス警部　（戸口に佇み、あたりを見回し）ほかの方々も、なにも動かしませんでしたね？

シェパード医師　動かしませんでした！

（シェパード医師、長椅子の後ろに移る）

デイヴィス警部　では、始めましょうか……。

（レイモンド、中央左手の椅子を指す。警部は部屋を横切って、その椅子に座り、手帳を取り出す）

デイヴィス警部　それでは、すべての経緯を伺いましょう。まず、ご遺体を最初に発見されたのは、どなたですか？

シェパード医師　パーカーとわたしが、最初でした。パーカーから電話がかかってきたのです。

パーカー　わたくしは、電話なんぞ、しておりません。

デイヴィス警部　ちょっと待ってくれ。

シェパード医師　わたしは、パーカーから、ロジャー卿が殺されたという電話を受け取ったのです。――それで、すぐに、ここへ飛んできました。――ところが、ドアは内側から鍵がかけられていた――それで、パーカーの力を借りて、ドアを打ち破ってみたところ、遺体を発見したのです。

デイヴィス警部　（パーカーのほうを向いて）　お前はどうして、ご主人が殺されているということを知ったのだね？

パーカー　まったく存じておりませんでした、警部さん。わたくしは、電話なぞ、かけなかったのでございます。今夜は、電話に近づいたことすらございません。それについては、ここの奉公人全員が証言してくれることでしょう。

デイヴィス警部　これはおかしな話だな。わけがわからん。（シェパード医師のほうを向いて）　その電話の声は、確かにパーカーのものだったのですか？

シェパード医師　その時は「パーカーです」と言われたので、端《はな》から、そのつもりで聞いていたのです。

デイヴィス警部　無理もないお話ですな。（間合い）　ところで、ロジャー卿の生前、最後にお会いになったのは、どなたです？

レイモンド　あのぉ……。（中央右手に進む）

パーカー　アクロイドお嬢様。警部さん、フローラ・アクロイドお嬢様でございました。確か、十時十五分前くらいだったと存じます。――お嬢様がおやすみになる直前でございました。

デイヴィス警部　よろしい。それなら、なにを措いても、まず、アクロイド――お嬢さんから話を伺わねばならない。（書斎のほうを、軽く指さし）　だが、彼女は、この事件のことを、もうご存知なのかな？

パーカー　いいえ、警部さん！

デイヴィス警部　そうか、よろしい。それでは、いまのところは、彼女に知らせる必要はない。――いきなりロジャー卿の死を知らされて、気でも動転されては、聴取がしにくくなるからな。

（シェパード医師、長椅子の背後に回る）

（デイヴィス警部、右手のドアのほうに進み、そこに佇んでいるレイモンドに向かって）

デイヴィス警部　レイモンドさん、お手数ですが、お嬢さんのところへ行って、泥棒が入ったので、二、三、お訊《たず》ねしたいことがあるから、おいで願えませんか、と伝えていただけませんか？

レイモンド　いいですよ、警部さん。

デイヴィス警部　（シェパード医師に向かい）　死後どれくらいになるとお考えですか？先生。

シェパード医師　少なくとも三十分、――もっと経っているかもしれません。

デイヴィス警部　ところで、ひとつ、はっきりさせておきたいことがあるんですが、ドアは、内側から鍵がかけられていたと、おっしゃいましたね？

シェパード医師　その通りです。

デイヴィス警部　窓は、どうでした？

パーカー　窓は開いておりました。夕方早くに、旦那様のお申しつけで、閉めておいたのでございますが。

デイヴィス警部　とにかく、いまは開いているね。（中央左手に腰を掛ける）

（レイモンド、左手より登場）

レイモンド　お嬢さんは、すぐお見えになります。あなたに言われた通りを、伝えておきました。

デイヴィス警部　このドアは閉めておいたほうが、よさそうですね。

（レイモンド、中央奥手に進み、ドアを閉め、左手に行く）

デイヴィス警部　ありがとう。（パーカーに向かい）誰か見知らぬ人物が、玄関にやってきたことは、ないかね？

パーカー　いいえ。

デイヴィス警部　では裏のほうは、どうだったね？

パーカー　存じませんが、奉公人たちに訊いて参りましょう。（行きかける）

デイヴィス警部　（指を鳴らし、鋭い口調でパーカーを止める）いや、いい。わたしが訊ねるから。それより、奉公人全員に、階下に集まるように言ってくれ。事件のことは、なにも言わずに、ただ、急いで集合するように言うんだ。そうしたら、ここへ戻ってくれ。

（パーカー、左奥手に移る）

デイヴィス警部　それから、わたしの部下に、ひとりは玄関口に、もうひとりはこの窓の外を、見張ってくれるように、伝えてくるんだ。

パーカー　はい、かしこまりました。（下手奥より退場）

デイヴィス警部　（立ち上がり、中央に進み、ブラントに向かい）　お名前をお訊かせください。

ブラント　ブラントです。――ブラント少佐です。わたしは、ここに滞在している者です。

デイヴィス警部　ブラント少佐、――ブ・ラ・ン・ト、これでよろしいのでしょうかな？

（手帳に書きつける）

（フローラ、部屋着姿で。下手奥より、急ぎ足で登場、心配そうな様子）

デイヴィス警部　今晩は、お嬢さん。（フローラのほうに振り向き）　泥棒が入りましたので、あなたに、お力添えをお願いしたいと思いまして、おいで願ったわけです。

フローラ　（不安げに）　いったい、どういうことです？　なにが盗まれたんですか？　わたしから、なにをお聞きになりたいんですか？

デイヴィス警部　それは、こういうことなんです――パーカーが申しますには、あなたは、伯父様の書斎から、十時十五分前頃、出ておいでになったということですが、それは本当なんですか？

フローラ　その通りです。

デイヴィス警部　時刻に間違いはありませんか？

フローラ　確か、その頃だったと思いますけど――はっきりとは、申し上げられません。（心配そうに）ところで、なにが盗まれたんですか？

デイヴィス警部　（ためらいながら）まだ、はっきりとは、わからないのです。

フローラ　（驚いて）なんですって？　あなたは、なにか、わたしに隠していらっしゃるんじゃない？　（ブラントに訴えるような身振り）ねえ、ブラント少佐？

ブラント　（目で警部に合図を送り、立ち上がって、部屋を横切り、左手のフローラに近づく。警部に向かい）わたしがお相手をいたしましょう。

（フローラ、ブラントのほうに両手を差し出す。ブラント、フローラの手を取り、小さな子供をなだめるように、優しく叩く）

（パーカー、下手奥に現れ、こっそり戸口に立つ。レイモンド、暖炉のほうに進む）

ブラント　不幸なことが起こったのです、フローラ嬢。みんなにとっても、まことに不幸な――あなたの伯父様は――

フローラ　え、伯父様がどうかしましたの？

ブラント　どんなに驚かれるか、わかりませんが、あなたの伯父様は亡くなられたのです。

フローラ　亡くなられた――死んだって――それ、いったい、どういうこと？

デイヴィス警部　遠回しに言っても、しようがないでしょう。端的に言えば、伯父様は殺されたんです。（フローラのほうに一歩近づく）たぶん、あなたが伯父様にお会いになってから、数分後のことだと思われます。

（フローラ、中央左手に腰を掛け、泣き崩れる。警部は、彼女から身を逸らし、奥手に進んで、シェパード医師を呼び寄せる）

デイヴィス警部　（低い声で）シェパード先生、すみませんが、もう一度、書斎のほうへおいで願えませんでしょうか？（フローラのほうをちらりと見て）ひとつ、ふたつ、あなたにお訊ねしたいことがありますので――それから――

シェパード医師　承知しました。どんなことでも。

（シェパード医師とデイヴィス警部、書斎に消える。——書斎のドアが閉められる）

ブラント　この一件で、われわれは、すっかり打ちのめされた。わたしの立場もかなり苦しい。すべてが明るみに出れば——

フローラ　（荒々しく立ち上がり）ですけれど、——ですけれど、わたしたち、なにかしなければ、ならないんだわ！　ここで、ぼんやり座っているなんて、できやしないわ——そして、そして——

ブラント　（なだめるような調子で）フローラ嬢、——フローラ嬢、——警察に任せておけば、すべて、いいようにやってくれるから。

フローラ　（軽蔑するように）警察ですって？　（狂おし気に）あんな連中、わたし、信用できません！　（立ち上がって、中央に移り）ジェフリー！

レイモンド　はい、なんでしょう？

フローラ　ムッシュー・ポアロよ、——わたし、お電話してみる。（上手前方のドアより退場）

レイモンド　ポアロ——どうかと思うが。

ブラント　（中央右手）あの男、やって来ると思いますか？　（左手に移る）

（パーカー、下手奥より、静かに入ってくる）

レイモンド　（首を振り、疑わし気に）　わかりませんな。ああいう大物連中というものは、実に扱いにくいものでしてね。おいで願いたいと言ったところで、すぐ、やって来てくれるか、わかったものではない。——つまり、ああいう連中は、自分に興味のある事件しか扱わないわけです。（振り向いて、中央左手のドアのそばに立っているパーカーを見つける）　ああ、パーカーか！　お前が、そんなところにいるなんて、知らなかったぞ。

パーカー　警部さんが、戻ってくるようにと、おっしゃいましたので、はい。

ブラント　（中央奥手のドアのところへ行き、また戻ると）　とにかく、ショッキングなことだよ、パーカー。

パーカー　さようで。ですが、わたくしは、この事件の裏には、どうも恐喝《ブラックメール》があるように、思うのでございますが。

（レイモンドとブラント、共に驚く）

ブラント　恐喝だって？　それは強請《ゆす》りのことかい？

レイモンド　どうして、そう思うんだ？

（フローラ、上手より急ぎ足で登場。ブラントとレイモンドが振り向く）

フローラ　（中央に進み）　ムッシュー・ポアロにお電話したわ。（長椅子に腰を掛ける）

ブラント　そうですか。

フローラ　（レイモンドに向かい）　あの方、来てくださるって。

レイモンド　それはよかった。

（書斎のドアが開き、シェパード医師が警部と共に出てくる）

デイヴィス警部　ああ、念のために、窓を閉めて、錠をおろしておかなくてはならん。

（パーカー、左奥手に行く）

（警部、いったん、書斎の中に消え、再び出てくると、ドアを閉める）

デイヴィス警部　わたしが戻ってくるまで、どなたも、ここへお入りにならないでください。先生、気をつけておいてくださいよ。

シェパード医師　（中央）　ええ、承知しました。
デイヴィス警部　（パーカーに向かい）　さあ、これから奉公人たちの聴取にとりかかろう。
パーカー　（中央左手）　はい。
デイヴィス警部　一緒に立ち会ってくれ。

（警部、パーカーと共に下手奥に退場）

シェパード医師　（中央の椅子に座り）　警部は実に敏捷《びんしょう》だよ。徹底的にやっている。書斎の中でも、些細なことまで、注意深く調べている。かなり確かな証拠も摑《つか》んだらしい。
フローラ　そんなの、みんな見当違いよ、きっと。
シェパード医師　（振り返り）　それがなんであるのか、わからないうちから、随分はっきりと、おっしゃいますね。どうして、見当違いだと、おわかりなんです？
フローラ　わたし、デイヴィス警部のことは知っています。それだけで、十分でしょ。
シェパード医師　彼を信頼なさらないのですか？
フローラ　信頼なんか、していませんとも！
ブラント　フローラ嬢が彼を信頼なさらないなら――わたしも信頼しないよ！
レイモンド　しかし、なんと言おうが、われわれはいま、あの警部の掌中にあるのです。

フローラ　そうかしら？　わたしたちには、この地に住む、最も偉大な探偵のひとりがいるじゃない！　ムッシュー・ポアロよ！　彼はロジャー伯父様の友人でもあることだし。彼はきっと、わたしたちの助けになってくれるに違いないわ。

レイモンド　（力を込めて）　フローラ嬢、あの方は、警察が捜査に当たっている時に、そこへ介入してくるようなまねは、しないと思いますよ。

フローラ　なんと言われようとも、わたし、もうお電話してしまったんですもの。ムッシュー・ポアロがおいでになったら、わたし、一生懸命お願いして、説き伏せてみせます。

シェパード医師　それは、いいですけれどね、フローラ嬢！　あの方がここへやって来るかどうかは、わかりませんよ。現に、わたし自身も説き伏せようとしてみたんですが、あの方は、どうしても、警察の捜査に割り込むのは嫌だと言って、引き受けてくれなかったんですから。

レイモンド　そう、探偵を引っ張り込むことは、得策とは思えませんね。

フローラ　（ためらいながら）　どうして、あなたは、そ、そんなことをおっしゃるの、ジェフリー？

ブラント　悪いようにはしませんから、わたしの忠告も聞いてください。わたしも、この事件に、あのフランス人を引き入れることは、およしになったほうがいいと思いますよ。

フローラ　（怒ったように）あなたが、そうおっしゃる理由は、わたしには、よくわかっています。だからこそ、わたしは、あの方にお願いしようとしているんです。あなたは、なにか心配事があるんでしょう？　でも、わたしのほうは、なにも心配事はありません。ラルフのことなら、あなたより、わたしのほうが、ずっとよく知っていますから。

ブラント　いや、わたしは、なにも、ラルフ君のことを考えていたわけではないです。

フローラ　それなら、あなた方みんなが、真相究明を恐れている風なのは、なぜなんですの？

（ブラント、返事せず）

フローラ　ほら、ごらんなさい。返答できないじゃないの。なぜだか、わたしの口から言ってしまいましょうか。カリルさんが、村でラルフを見たように思った。──それで、あなた方は、ラルフを疑った。──警官もラルフを疑っている。──そうなんでしょう──どうであれ、ムッシュー・ポアロが、きっと真相を究明してくださいますって。

（警部、下手奥より登場）

デイヴィス警部 奉公人を全員調べてみました。今夜は、裏口に来た者は誰もいないと、みなが証言しています。どうも、あのパーカーという男の態度には、腑に落ちないところがある。あの男が電話をかけたかどうかという件については、これは問題ない。交換局を調べれば、すぐわかることですからね。だが、この家から電話がかけられたとすれば、それはパーカーの仕業に違いないでしょう。（書斎のドアのところへ進み）凶器が手掛かりになるでしょう。（ドアを開ける）あれは、ありふれたものでは、ありませんからな。

（警部、書斎に入り、後ろ手にドアを閉める）
（玄関ドアからベルの音がする）
（フローラ、立ち上がり、長椅子の背後から中央に進む）

シェパード医師 われらの友人——ムッシュー・ポアロに違いない。（左手に進む）

（ポアロ登場。フローラのほうに進み、彼女の手をとる）

ポアロ　恐ろしいことです！　衷心《ちゅうしん》よりお悔やみを申し上げます。ちょうど、わたくしがシェパード先生やカリル嬢とご一緒していた時、電話がかかってきたのです。わたくしはその時、こちらへ伺うのを好みませんでした。――ご無礼と見られるように思われましたので。フローラお嬢様、わたくしは、どのようなやり方で、あなたにお仕えしたらよろしいのでございますか？

シェパード医師　フローラ嬢は、あなたに――その――

フローラ　こんな恐ろしいことをした犯人を探し出していただきたいの。

ポアロ　ですが、警官が――彼らがやってくれますでしょう。

フローラ　彼らが間違いをしないか心配なんです。――彼らは、所詮《しょせん》、田舎者に過ぎません――あなたのような才能の持ち主ではないんです。どうぞ、ムッシュー・ポアロ、お願いです。お力をお貸しくださいませんか？　伯父は、あなたのお友だちでした。ですから、わたし、お願いしているんです。

ポアロ　おっしゃる通りです。ですが、フローラ嬢、わたくしが、いったん、お引き受けいたしましたからには、どんなことがあっても、最後までやり遂げなければなりませぬ。この点を、とくとご承知おき願います。

（フローラ、シェパード医師の後方に移る）

ポアロ　よろしゅうございますか、よき猟犬というものは、決して追跡を途中で止めるようなことはいたしません。あなたは、途中で、後悔なさるかも――地元警察に任せておいたほうがよかったと思う事態になるやもしれません。

フローラ　わたしは、真実を求めているのです。

ポアロ　（フローラに向かい）すべての真実を？

（フローラ、うなずく）

ポアロ　（口早に）よろしい、では、お引き受けしましょう！　ところで、担当の警察官は誰でございますか？

シェパード医師　デイヴィス警部です。捜査をつづけるために、いまは書斎の中にいます。

ポアロ　（フローラに向かい）ちょっと失礼いたします。（書斎のほうに進む）警部に会ってきましょう。フローラ嬢、わたくしは、ただ、あなたのためだけに、事件の成り行きを見守るということを、彼に釈明しておくつもりです。（フローラの手にキスをして、書斎のドアを開け、警部に呼びかける）ごめんください、警部殿……

デイヴィス警部　（書斎の中から）　やあ、ムッシュー・ポアロ。

（ポアロ、書斎に入り、後ろ手にドアを閉める）

フローラ　（左手にいるシェパード医師に向かい）　お母さんは、まだこの事件のことを、知らされていないの？

シェパード医師　まだ、ご存知ではありません。ですが、今夜中には、お知らせしなければならんでしょう。フローラ嬢、あなたがお話しになりますか？　それとも、わたしから、お知らせしたほうがいいでしょうか？

フローラ　（やや、ためらってから）　いいえ、ありがとう。わたしが自分で話します。これから行ってみます。（下手奥より退場）

レイモンド　（右手椅子に座り）　シェパード先生、さっき、恐喝とかいうことを耳にしましたが、いったい、どういうことなんでしょう？

シェパード医師　（長椅子の左側――鋭く）　恐喝ですって？　誰がそんなことを言ったんです？

レイモンド　パーカーが、なんだか、そんなことを口にしていましたよ。――この事件の裏には、恐喝があるとか――なにか思い当たる節があるような口ぶりでした。

ブラント　あなたは、そんなことがあると、お考えですか？（長椅子に座る）

シェパード医師　（中央の物置台に腰掛け）もし、パーカーが、恐喝について、なにか言ったなら、それは、立ち聞きをしていたに違いありません。わたしが、書斎から出てきた時、彼はドアのそばに立っていました。——ああ、思い出しましたよ。わたしは彼とぶつかったんだ。

ブラント　書斎のドアのところですって？　ほかに誰もいなかったんだから、誰に見咎《とが》められることもなく、彼がそこへ取って返すこともできたわけですね。

レイモンド　その通りだ！

ブラント　彼は、内側からドアに鍵を掛けることもできたはずだ。そのうえで、殺人を犯し、それから窓から出て行き……

レイモンド　しかし、彼がわざわざ先生に電話をかけるはずがない。

シェパード医師　（中央）いや、それはあり得ることです。自分にかけられる嫌疑を、ほかに逸らすために、です。しかるに、わたしが警部の聴取に答える際に、急に怖くなって、すべてを否定したのだとも考えられます。

（警部とポアロが書斎から出てくる。警部は短剣の刃の端を摑んでいる。——柄を握らないためである。なお、彼は、もう一方の手にグラスを持っている）

デイヴィス警部　美術品ですな。骨董品と言うべきか。どこにでもあるというようなものではない。（短剣を器用にグラスの中に落とし入れる）

（シェパード医師、ブラント、レイモンド、戸惑ったような様子で、警部のすることを見守っている）

（警部が、シェパード医師、ブラント、レイモンドに向かい）

デイヴィス警部　みなさん、この犯罪は、たいして難しいものではなさそうです。この短剣の柄のところをご覧なさい。みなさんには、はっきり見えないかもしれないが、わたしには、はっきり見えます。指紋が、ですよ！

レイモンド　ああ、その短剣はムーア人が使うものです。ブラントさんが、ロジャー卿に贈られたものです。わたしどもは、それをペイパー・ナイフとして使っていたんです。

ブラント　（何気ない風に）そうです。それですよ。それがどうしました？

（レイモンド、フランス語でポアロに話しかける）

ポアロ　あなたは、ご遺体を見た時に、すぐ、それにお気づきになりましたか？
ブラント　ええ、すぐに気がつきました。
デイヴィス警部　ブラント少佐、あなたは、先の聴取で、そのことを言われませんでしたな。
ブラント　ええ、申しませんでした。言わなければ、いけなかったのでしょうか？
ポアロ　ロジャー卿は、それを書斎に置いておかれたのですか？
レイモンド　いいえ、短剣は、この部屋に置かれておりました。
ポアロ　では、誰でも必要な時に、それを使うことができたわけでございますね？
レイモンド　そうです。
デイヴィス警部　ムッシュー・ポアロ、そういう問題は、あまり深く突っ込んで調べる必要もないでしょう。わたしは、メルローズ署長と一緒に、明日の朝、ここにやってまいります。ふたりばかり警官を外に配置しておきますから、ご用の時は、いつでも使ってください。そう申しつけておきますので。（左手に移る）　それから、この部屋の中には、あなた以外には、誰も入れないように命じておきますので、そのおつもりで――
ポアロ　警部殿、ありがとう存じます。
デイヴィス警部　（短剣の入ったグラスを取り上げ）　レイモンドさん、今夜は、これをお借りしますよ。——柄のところについている指紋が、ぼやけてしまっては、大変ですからね。（レイモンドに向かい）　わたしは、すぐにでも、署長に報告しなければなりませんので。

レイモンド　どうぞ、お持ちください、警部。

デイヴィス警部　では、おやすみなさい、みなさん。（グラスを注意深く持ちながら、玄関の戸口のほうへ進む）

（レイモンド、ブラント、シェパード医師、低い声で「おやすみなさい」と言う）

ポアロ　おやすみなさい、警部。明朝、お目にかかりましょう。

デイヴィス警部　そうしましょう。（下手奥より退場）

（ポアロ、しばらく後ろ姿を見送り、中央左手前に進む）

ポアロ　先生、ちょっとばかり、お話ししたいのでございますが。

ブラント　われわれは、ビリヤード室に行っていましょうか？

（ブラント、レイモンドと共に、ビリヤード室に行こうとする）

ポアロ　少佐殿、あまり遠くにおいでにならないように、お願いいたします。

（両者、上手前方より退場）

ポアロ　（長椅子に座り）　先生、わたしは、ロジャー卿がフェラーズ夫人と婚約したことを承知しておりますが、今夜、お宅で話をしていた時に、あなたは、フェラーズ夫人の死について、本当のことをお話しくださいませんでしたね。

シェパード医師　そうです。わたしは、話しませんでした。わたしは自分の患者のプライヴァシーを、話せる立場にないのです。（中央に座る）　しかし、あなたがいま、その問題を取り上げられたのは、こちらにとっても、ありがたいことです。わたしは、事ここに至り、あなたに、なんでもお話しするつもりになっていたのですが、ただ、そのチャンスを待っていただけなのです。フェラーズ夫人は、自殺されたのです。

ポアロ　それで、自殺の理由は？

シェパード医師　ロジャー卿が今夜わたしに話してくれました、――フェラーズ夫人がロジャー卿に告白したことを……実に恐ろしいことです。

ポアロ　先生、わたくしに、お話しください。

シェパード医師　――それは、夫人が、自分のご主人を毒殺した、ということなのです。

ポアロ　（驚いて、――口早に）おや、それはまた！　それで？

シェパード医師　誰かそれを知る者がいて、それを暴き立てると言っては、夫人を恐喝したのだそうです。夫人がその話をロジャー卿にした時は、恐喝者が誰であるかを打ち明けませんでした。――しかし、二十四時間以内に、必ず知らせると約束をしていたのです。ところが、その夜、フェラーズ夫人は自殺してしまったのです。

ポアロ　アクロイド卿が、先生を晩餐に招いたのは、その問題を話し合うためだったのですね？

シェパード医師　そうです。そして、助言を求められました。

ポアロ　どんなことについての助言を？

シェパード医師　フェラーズ夫人が告白をしたという事実の上に立って、どういう行動をとれば最善か、という問題についての助言です。しかし、ロジャー卿は、夫人が最後の言伝――あるいは、遺言と言ってもいいかもしれませんが――を残さずに死んでいったとは、どうにも信じきれなかったのです。ロジャー卿は、恐喝者の名前を告げる言伝が必ず届くと、かたく確信していたのです。

ポアロ　それで、先生は、どういう助言をなさったので？

シェパード医師　そう、わたしたちの一致した意見は、もし、その言伝なるものが届かなかったら、問題をそのままにして伏せてしまおう、ということでした。――世間にいろいろなことが漏れたり、また、死んでしまった後も、フェラーズ夫人の醜聞が取り沙汰されたりするのを防ぐために、です。

ポアロ　わかります。（鋭く）それで？

シェパード医師　晩餐の知らせがありました際、細長い青い封筒が届けられました。――それは、確かにフェラーズ夫人の筆跡による封書でした。ロジャー卿は、それをポケットにしまい、晩餐が終わったら、書斎で、わたしと一緒に読もうと言われました。晩餐が終わると、わたしたちは、すぐに書斎へと参りました。ロジャー卿は、ひどく神経が昂《たかぶ》って、気分がすぐれないようでした。書斎に入って数分後に、ドアの錠が外れるような軽い音が聴こえましたが、ロジャー卿は、「なんだ、あれは？」と叫ぶように言われました。わたしは、すぐにドアのところへ行きましたが――そこには、誰もいませんでした。――それからまた、ロジャー卿は窓のことを、ひどく気にして、わたしに、それがしっかり閉まって、錠がおろされているかどうか、確かめてくれと言われました。

ポアロ　それで、先生は、窓を確かめられたわけですね？

シェパード医師　はい、そうです。

ポアロ　ロジャー卿は、どうして、そんなことを、あなたに頼んだんでしょうね？

シェパード医師　どうしてなのか、わたしにもわかりません。ロジャー卿は、晩餐前にも、わたしに、そのようなことを頼みました。そして、なんでも、自分は、どうも監視されているようだ、――スパイされているような妙な気がして仕方ない、と。

ポアロ　あなたが書斎にお入りになった時、ロジャー卿の身内の方々や、ほかのみなさんは、どこにおられましたのですか？（レイモンドやブラントのいるほうを顎《あご》で示す）

シェパード医師　ああ、家人たちのことですか。それはどうも、はっきりしたことは、申し上げられませんな。

ポアロ　ところで、その手紙ですが、ロジャー卿は、それをあなたに、読んで聞かせたのですか？

シェパード医師　ほんの初めのほうだけは。それは、ひどく心を打つ手紙のようでした。ところが、ロジャー卿は、すぐ読むのを止めて、「シェパード、許してくれ。これは、わし独りで読みたい」と言われました。それで、わたしは、ロジャー卿を独り残して、書斎を出たのですが、ドアのところで、わたしはパーカーに、出くわしました。彼は、ひどくまごついていて、なにか、ドアのところで立ち聞きでもしていたように、見受けられました。――そこでわたしは、ロジャー卿は今夜は誰にも煩わされたくないとお前に伝えておいてくれと言っておられたと、彼に厳しく言い渡しておきました。それが、ちょうど九時頃――十分前頃のことでしょうか、――わたしは、邸の門を出る時に、教会の大時計が時を打つのを聞きましたから。これで、わたしの知っていることを、なにもかも、全部お話ししました。

（ポアロ、立ち上がって、ベルを押し、右手ドアのところへ行って、不意にさっと開け、すぐまた閉めて、中央に進み、さらに奥手の書斎のドアの右側に移る）

ポアロ　先生、あなたが書斎を出られた時、ロジャー卿は、どこに座っておられましたか？

シェパード医師　（立ち上がり、書斎ドアの左手に行く）　安楽椅子に座っておられました。

ポアロ　（ちょうど中央のところで）　今の位置と同じでございましたか？

シェパード医師　そうです。

ポアロ　ところで手紙は？

シェパード医師　自分のそばの小机の上に置いてありました。

ポアロ　（前方に歩を進め）　わたくしは、書斎の中を、すっかり調べたのですが、その青い封筒も手紙も、見つかりませんでした！　（ベルをゆっくり鳴らす。――自分が口にしたことを、注意深く思案している様子）　先生、ロジャー卿殺害の動機は、どうも、ここらあたりにあるようですな。

（パーカー、下手奥より登場）

パーカー　お呼びでございますか？
ポアロ　お前が、今夜、シェパード先生と一緒にこの書斎に入った時、細長い青色の細長い封筒を見かけなかったかい？
パーカー　いいえ。
ポアロ　ブラント少佐とレイモンドさんを、お呼びしてくれないか？

（パーカー、上手前方より退場）

シェパード医師　たぶん、手紙の中には、恐喝者の名前は、書かれていなかったんじゃないでしょうか。
ポアロ　それなら、なぜ、手紙を出したのでしょう？　ロジャー卿に恐喝者の名前を知らせるために書いたはずなのじゃありませんか。
シェパード医師　ただ、そんな風に想像しただけです。

ポアロ　(書斎の様子をざっと手帳に書きつけてから、ドアを閉め、中央左手の椅子に座り、シェパード医師に向かい)　ときに先生、先生はご遺体を、すっかり検死なさいましたか？

シェパード医師　(中央に進み)　ええ。

ポアロ　結果は？

シェパード医師　わたしの診断したところによりますと、右利きの人物によって、背後から、一突きに刺されたようです。——むろん、即死です。顔の表情から見ますと、まったく予期していなかったところを、不意に背後からやられたものとみえます。おそらく、誰にやられたか、被害者は知らずに死んだのでしょう。

(レイモンド、上手より登場。携えてきた飲み物をマントルピースの上に置き、炉に近づき、シガレットに火を点ける)

ポアロ　先生が発見された時、死後、どのくらい経過していたでしょうか？

シェパード医師　そうですな、死後三十分、あるいはもう少し経っていたかもしれません。

ポアロ　すると、先生が書斎を出られてから後、——九時十分前から十時までの犯行でございますな。

シェパード医師　まず、そんな見当でしょう。
ポアロ　いずれ、もっとはっきりさせなければならない。
レイモンド　（中央に進み、長椅子の背後に立つ）　ちょっと失礼します。ロジャー卿は、九時半には、確かに生きておられましたよ。わたしは、書斎の中からロジャー卿の声がしているのを聞いたのですから。
ポアロ　誰に話しかけていたのでしょう？
（ブラント、右前方ドアより登場、炉のそばに寄る）
レイモンド　さあ、それは知りません。ただ、わたしは、ブラント少佐を探しに、この部屋に入ってきた時、ロジャー卿の声を聞いただけです。
（シェパード医師、長椅子の上に腰を掛ける）
（フローラ、下手奥より登場）
フローラ　入ってもいいかしら？　（左手前方に進む）
ポアロ　（口早に）　はい《メ・ウィ》、フローラ嬢。（前からの話をつづける）　さて、そうすると、九時半にロジャー卿と一緒にいたのは、誰なんでございましょうね？（不意にブラントに向かい）あなたではございませんでしたか、ブラント少佐？

ブラント（炉のそばに立ちながら）わたしは、晩餐後は、一度もお会いしませんでしたよ。

ポアロ（レイモンドに向かい）あなたは、声をお聞きになったとおっしゃいましたが、ロジャー卿は、どんなお話をしていらしたんでしょうか？

レイモンド　断片的に聞いただけなんですが、――大変怒っておられたようです――わたしの記憶に残っている限りでは、確か……

ポアロ　早過ぎないように《パ・トロ・ヴィーツ》、どうぞ。（中央左手に座る）書き留めておきますから。

（ブラント、右手の椅子に腰を下ろす）

レイモンド　――「近頃になって、わたしのポケット――いや――財布への金の請求が、ますます頻繁になってきている。君の要求に応ずることは、不可能だと危惧している」と、こんな風な話でした。

ポアロ（当惑したように）妙なお話ですね。さっぱり、わかりません。（間合い。急いで手帳をポケットにしまう）

（パーカー、上手より登場。前方を通ってから、中央奥手に進む）

ポアロ　ただひとつ、はっきりしていることは、ロジャー卿は、九時半には、まだ生きておられた、ということです。――その後のことは、全然、わからない。

パーカー　（中央）失礼いたします。その後に、フローラお嬢様が、旦那様にお会いになっているはずでございます。――お嬢様は、書斎から出ておいでになりました……

フローラ　（素早く）そうです。

ポアロ　（フローラを制して、指をパチッと鳴らし、パーカーに向かい）それは何時頃だったね？

パーカー　十時十五分前ぐらいだったかと存じます。その時、お嬢様は、旦那様が、今夜はもう、誰にも煩わされたくないと言われたのだと、おっしゃいました。

ポアロ　ロジャー卿が、お嬢さんに伝言を託されたと、言うのかね？

パーカー　はっきりそうだとは申し上げられかねますが、わたくしは、旦那様に、なにかほかにご用はないか伺うつもりで、参ったのでございます。その時、お嬢様が、わたくしをお止めになって、旦那様が誰にも煩わされたくないと申しつけられたと、おっしゃったのでございます。

ポアロ　（中央左手に腰を掛けて、鋭く）　しかしね、お前は、ロジャー卿が、今夜はもう、誰にも煩わされたくないと言っておられたことを、すでにもう、シェパード先生から聞いているはずじゃないか？

パーカー　（狼狽《ろうばい》して、口ごもりながら）　はい、あ、いや、いいえ。申し訳ございませんでした。さようでございました。

ポアロ　それを聞いたのは何時頃のことだった？

パーカー　先生が、お帰りになる時でございましたから、確か、九時十分前のことでございました。

ポアロ　それなのにまだ、お前はご主人を煩わせようとしたのかね？

パーカー　すっかり、忘れておりましたものでございますから――いつもその時刻になりますと、なにかほかにご用はないかとお伺いする習慣になっておりましたものですから、なんの考えもなしに、つい、いつもの習慣通りにいたしましたのでございます。

ポアロ　（探るような顔つきで、パーカーを一瞥《いちべつ》、それからフローラのほうを向いて）　では、お嬢様からお話を伺うことにいたしましょう。

（パーカー、左奥手に戻る）

フローラ　わたし、伯父様に、おやすみなさいを言いに参りました。
ポアロ　それは十時十五分前のことでございますか？
フローラ　はっきりとは申し上げられません。——あるいは、それより、いくらか遅かったかもしれません。
ポアロ　伯父様は、お独りでございましたか？
フローラ　ええ。
ポアロ　その時、書斎の窓は開いておりましたでしょうか？　それとも閉まっておりましたか？
フローラ　はっきり、しませんね。——カーテンが閉まっておりましたから。
ポアロ　伯父様とは、どんなお話をなさいました？
フローラ　（瞬時、黙して）そう、えー、わたし、書斎に入って、「おやすみなさい、伯父様、お先に失礼します」と言ってからキスをしましたの——

（パーカーとレイモンド、フローラを凝視する）

フローラ　——伯父様は、わたしの新しい上衣がよく似合うとかいったようなことを、おっしゃいました。

（パーカー、レイモンドのほうを見る）

フローラ　——それから、忙しいから、早く戻っておやすみと、おっしゃいました。それで、わたし、退室いたしましたの。

ポアロ　その時、伯父様は、もう誰も、書斎には来ないようにとは、おっしゃいませんでしたか？

フローラ　ああ、そうでした。すっかり忘れていました。——伯父様は「もう、なにも欲しくないから、ここへは来ないようにと、パーカーに伝えておくれ」と、おっしゃっていました。わたし、ドアの外で、パーカーに会いましたから、伯父様に言われたままを、伝えましたの。

ポアロ　そうでございましたか。（ブラントのほうに向かい）少佐殿、あなたはさきほど、晩餐後は、アクロイド卿に一度もお会いにならなかったとおっしゃいましたが、それは確かな話なのでございますか？

ブラント　（炉のそばに立ちながら）会っていません——声は聞きましたが。

ポアロ　（中央左手）は？　そんなことが可能なのでございましょうか？

ブラント　それなら申しますが、わたしはテラスにいたのです。

ポアロ　それは何時頃のことでしたか？

ブラント　九時半頃のことでしたでしょう。わたしは食堂《ダイニング》の窓の外のテラスを、ぶらぶらしながら、煙草を吸っていたのです。その時、ロジャー卿の声を聞きました。

ポアロ　食堂の外のテラスでは、書斎の声は、聞き取れないのでは、ございませんか？

ブラント　（当惑した様子で）　そう、えー、わたしは――家のずっと端のほうまで、行っていたのです。

ポアロ　なんのために？

ブラント　わたしは、垣根のところから出ていくご婦人の姿を見たのです。それで、それを確かめるために、家の端のほうまで行ってみたのです。

ポアロ　それは誰でした？

ブラント　そうですね、当初わたしは、――アクロイド嬢ではないかと思いました。――ただ、白く輝く人影としか、見えなかったもので、ね。その後、思い返すと……

ポアロ　はい？

ブラント　わたしの見誤りだったかもしれないですね……

ポアロ　結局、誰だとお考えになったのですか？

ブラント　そうですね、えー、なんという名前でしたか――ボーン――小間使いの。彼女を見たように思ったんです。それで、わたしがテラスの端に立っている時、ロジャー卿が彼の秘書と話している声が聞こえたんです。

レイモンド　（長椅子に腰掛けたままで）言っておきますが、ブラントさん、わたしは今夜、一度も書斎に足を踏み入れてはいませんよ。

ブラント　いや、いや、ねえ君、書斎にいなかったことは知っていますよ。しかし、わたしは、声を聞いた途端、ロジャー卿は君と話しているんだと、てっきり思い込んでしまったんだ。それに、わたしがテラスに出てくる前、君は、ロジャー卿のところへ、なにかの書類を持っていくと言っていたからね。

ポアロ　たったひとつ、確かなことがあります――アクロイド卿は、九時半には誰かと話しておられた、ということです。――さて、誰と話をしていたのか？（部屋を見回し）この小さい階段は、どこに通じているのでございますか？

パーカー　（一歩前方に踏み出し）旦那様の寝室と浴室に通じております。

ポアロ　それから？

パーカー　元は、ほかの部屋に通じる、もうひとつのドアがございましたが、旦那様は、それを釘づけにしておしまいになったのです。旦那様は、自分の部屋を、完全に隔離しておかれることを、好まれたのでございます。

ポアロ　ああ、そう。わかった。それでは、小間使いを呼んできてもらいましょう。

（パーカー、行こうとする）

ポアロ　（パーカーを引き止め）　あ、ちょっとお待ち、パーカー。ここへ来なさい。（フローラのほうを向き）　フローラお嬢様、あなたのお力を拝借して、ちょっと実験をしてみたいのでございますが——　（詫びるように）　——もちろん、これは、あなたのご承諾を得たうえでのお話なのですが。

フローラ　結構です。どんなことですの？

ポアロ　あなたとパーカーに、あなたがおやすみになる前の、あの場面を、再現していただきたいのです。

フローラ　（神経質に、——口ごもりながら）　ああ——はい——えー——はい、お望みなら。

ポアロ　（素早く）　ありがとうございます。（自分の椅子を脇に寄せる）

（シェパード医師は長椅子に、レイモンドはその背後に、そして、ブラントは右手に腰を掛けている）

ポアロ　（愛想よく）　さあ、では、できるだけ正確にお願いいたします。

パーカー　ちょっとお待ちくださいませ。玄関のほうのホールの照明は、消しておりましたのですが――

ポアロ　それは、どうしてだね？

パーカー　もう、寝るばかりだったので、わたくしが、スウィッチをひねったのでございます。フローラお嬢様も、もう、おやすみになったと思っておりましたので。

ポアロ　よし、わかった、わかった。それで、お前は――

パーカー　（左奥手）ここにおりました。

ポアロ　よろしい。それで、お嬢様は、どこにおいででしたか？

フローラ　書斎のドアのところです。

パーカー　その通りでございます、はい。

フローラ　わたし、ちょうど、ドアを閉めたところでした。

パーカー　さようでございます。お嬢様は、わたくしが照明を点けた時は、まだ、ドア・ノブに手をかけていらっしゃいました。

ポアロ　結構！　さあ、どうぞ《アリィ》！　ちょっとばかり実演をしてみてください。

（パーカー、中央左手のドアのそばの照明を消し、退場）

（フローラ、立ったまま待つ。玄関ホールは暗闇となる。――短い間合い――パーカー、左奥手のドアのそばの照明を点ける。フローラは、書斎のドア・ノブに手をかけたまま立っている——パーカー、フローラに近づく）

（パーカーが、その場に再登場した時に）

ポアロ　お前は、なんのために、戻ってきたのかね？

パーカー　廊下の奥のほうに参りました時、どなたかが、おいでになるような音を聞いたように思いましたものですから……

ポアロ　よろしい。つづけて《アリィ》！

フローラ　あら、パーカー！

パーカー　これは失礼いたしました、お嬢様。わたくし、やすみます前に、なにか、ほかにご用はないかと、旦那様にお伺いにあがったところでございます。

フローラ　もう、いいのよ。わたし、たったいま、伯父様に「おやすみなさい」と申し上げたところなの。伯父様は、お前に、今夜は、もうなにも欲しくないから、邪魔しないように伝えてくれ——とおっしゃっていたわ。（パーカーに向かい、低い声で）

パーカー　さようでございますか、お嬢様。（左奥手に進む）

フローラ　ブラント少佐に、明日の朝十時に、お庭でお目にかかりましょうと、伝えてお

くれ。(ポアロのほうを向き) これで、いいんですか? (ポアロ、お辞儀をする)

ポアロ パーカー、ここの窓は開いていたか、閉まっていたか、覚えているかね? (左手窓を指さす)

パーカー 開いておりました。それで、わたくしが、閉めましたのでございます。

(パーカー、静かに待機の姿勢)

ポアロ (立ち上がって) 結構、結構です! さあ、それでは小間使いに会うことにしましょう。

(パーカー、中央下手より退場)

フローラ (ポアロに向かって) あなたの実験は成功なさいましたの? わたしには、ちっとも理解できませんでしたが……

ブラント まったくだ。わたしの頭が悪いのかな? 問題の要点が、ちっとも見えない。

ポアロ わからない? まあ、よろしい。わたくしは、自分が知りたいと思っていた、なにがしかのことを、たったいま、知りました。だが、この問題は、このへんで、捨て置きましょう。ところで、小間使いですが、今夜、ここの庭にいたそうですね。――なんのために、でございましょう？　尋常なことではございませんな？

レイモンド　（何気なく）　まあ、おおかた、男にでも逢っていたのでしょう。――家の中では、そんなこと、許されませんから――

ポアロ　おお、そうなると、その男を見つけなければなりませんな！　（フローラのほうに向かい）　小間使いは、この部屋やほかのサロン（フランス風の客間）も、受け持っているのでございますか、――つまり、――拭き掃除やら――掃き掃除やらを……？

シェパード医師　（不意に、指を鳴らして）　ああ！

ポアロ　（即座に）　はい？

シェパード医師　どんな意味があるか、わたしにはわかりませんが――いや、他愛もないことでしょう――

ポアロ　案外、そうでないかもしれませんよ、お話しください、先生――

シェパード医師　今夜、晩餐に呼ばれて来ました時、彼女は、この部屋の、このテーブルのあたりにおりました。――そして、本に挿まれたムーア人の短剣が、マントルピースの上に置かれていたのです。

レイモンド　まったく、その通りだ、先生。あれはペイパー・ナイフとして使われていたんです。

ポアロ　本当ですか？

シェパード医師　わたしは——

ポアロ　（手を挙げて沈黙を促す）　シッ！

（パーカー、小間使いを伴って来る）

パーカー　小間使いでございます。（中央下手より退場）

ポアロ　（ボーンにうなずいてみせ）　アーシュラ・ボーンだね？

ボーン　（左奥手）　はい、さようでございます。

ポアロ　お前が、今夜、庭に出たのは、何時頃だったね？

ボーン　（動揺して）　お庭でございますか？　わたくし——わたくし——

ポアロ　嘘をつかないでもいいようにしてあげよう。——ブラント少佐が見たんだよ。

ボーン　（諦めたように）　はい、わたくし、お庭におりました。

ポアロ　なんのために？

ボーン　御門のそばのポストに手紙を入れるためでございました。

ポアロ　それは何時頃のことだね？

ボーン　確か、九時半頃のことだったと思います。
ポアロ　庭で、男に逢わなかったかね？
ボーン　いいえ、お逢いしませんでした。
ポアロ　屋敷に戻ったのは、何時頃だったたね？
ボーン　十時二十分前頃だったと思います。
ポアロ　誰かが、お前に逢いに来なかったかね？
ボーン　そんなこと、あるはずがございません。
ポアロ　屋敷に帰ってから、どこへ行った？
ボーン　自分の部屋に戻りました。
ポアロ　部屋に独りでいたのかね？
ボーン　はい、わたくしは一人部屋をいただいておりますものですから。部屋には十時までおりました。
ポアロ　それから、どこへ？
ボーン　階下の奉公人溜まりへ参りました。

（短い間合い）

ポアロ　お前のご主人は、そのマントルピースの上の本に挿んであったムーア人の短剣で、殺されたんだよ。
ボーン　わ、わたくし、知りませんでした。
ポアロ　シェパード先生の話によると、君は今夜、そのマントルピースのそばにいたそうじゃないか。
ボーン　えー、ええ、そうです。わたくし――お飲み物のグラスを、さげるためでございました。
ポアロ　その時、短剣は、やはり、そこにあったのかね？
ボーン　はい。本のページの間に挿んでございました。
ポアロ　それは、確かかい？
ボーン　はい――いいえ、はっきり確かとは、申し上げられません。
ポアロ　（ボーンをじっと見て）ありがとう、お嬢さん。

（ボーン、下手奥より退場）

ポアロ　（中央に立ったまま）みなさんの中で、晩餐後、なにかの機会に、短剣をご覧になった方は、おいでになりますか？　おいでですない？　――よろしゅうございます。

ただいまのところは、あの小間使いの言葉を信用しておくことにいたしましょう。七時から後に、誰かが、あの短剣を手にするチャンスがあったことだけは、明らかな事実でございますね。

（短い間合い）

ポアロ　（静かに立ち上がり）　お嬢様。

（フローラ、ポアロに近づく）

ポアロ　あなたを、これ以上、お引き止めしておく必要はございません。――フローラ嬢、あなたのお母様――お母様は、もうこの事件のことをご存じなのでしょうか？

フローラ　ええ、話しました。そうしたら、すっかり怯えてしまって……

ポアロ　無理もない。今夜は、これ以上、お母様を煩わせることは、差し控えたいと存じます。もう、遅うございますからね。明日にでもお母様にお会いしましょう。（優しくフローラの手をとり、軽く叩く）

シェパード医師　（立ち上がって鞄を取り）　わたしも明日、伺います。フローラ嬢、おや

すみなさい。ムッシュー・ポアロ。（握手をする）

（フローラ、シェパード医師、下手奥より退場）

レイモンド　（ポアロに向かい）わたくしのほうには、まだ、ご用がおありでしょうか？
実は、仕事がいっぱい溜まっておりますもので。

ポアロ　いいえ、ムッシュー・レイモンド、おやすみなさい。ありがとう。

（レイモンド、「おやすみなさい」と言い、ポアロと握手する）

（レイモンド、下手奥より退場）

ブラント　（左奥手に進みながら、ポアロのほうを振り返り、皮肉めいた口調で）
お晩です《ボン・ソワール》、ムッシュー・ポアロ。

ポアロ　ボン・ソワール、少佐殿！

ブラント　（外のほうに呼びかける）レイモンド！　（下手奥より退場）

（ポアロ、数分間、化石のように動かない。しばらくして、右手前方のドアのところへ行き、聞き耳を立て、――ドアを閉め、――左奥手に進んで、照明のスウィッチを切る。それから、左手テーブルの右側にある椅子を中央に移し、書斎のドアを開けて、中に入り、部屋を見渡し、窓のところに歩み寄って、それを調べる。部屋を一巡して、中央右手の死体の上に屈みこんでみてから、前方に進み、中央左手の椅子の向きを変えて、奥手に向け、その椅子に腰を掛けて、書斎に直面し、――軽く咳をする。――パーカー、上着を脱いだままの姿でホールに現れ、低い口笛を吹きながら、照明を消し下手奥に去る。ポアロ、葉巻を吹かしながら座っている。暗闇の中で、葉巻の燃える赤い火のみが見える。ポアロ座ったまま、殺人現場を見つめる間合い)

――(そして、ゆっくりと)幕――

第二幕

場面——第一幕と同じ。
時刻——第一幕の翌朝。

開幕

デイヴィス警部、中央右手のテーブルの左側に腰を掛け、なにか手帳に書きつけている。——短い間合い——警部、立ち上がり、手帳をポケットにしまい、マントルピースの上に置いた帽子を取りに行く。

（ポアロ、シェパード医師と共に上手奥より登場）

ポアロ　おはようございます《ボン・ジュール》、警部殿。（前方へ進み、長椅子の左端に帽子と手袋を置く）

シェパード医師　おはよう、デイヴィス。

デイヴィス警部　おはよう、先生。お会いできて嬉しいですよ、ムッシュー・ポアロ。これから、ちょうど出かけるところなんです。（いかにも嬉しそう、満足げな様子）

ポアロ　少し遅くなりました。

デイヴィス警部　（暖炉の前に立ち、手を振りながら）　メルローズ署長は、朝早くから仕事に取り掛かっておられる。今朝は失礼ながらお目にかからずにおくと、申しておりました。（ポアロに向かい）　ところで、あなたにいいニュースがあるんですよ。

ポアロ　本当ですか《オン・ヴェリテ》。それは結構なことで。（長椅子に座る）

デイヴィス警部　例の電話の経緯がわかりましたよ。あれは、キングス・アボット駅の公衆電話から、十時十五分過ぎに、シェパード先生のお宅にかけられたものでした。（断言するような口調）　その後の十時二十三分にリヴァプール行きの夜行列車が発車しています。

シェパード医師　（テーブルのところから、中央左手の椅子を引き寄せ）　仕事が早いですね、警部さん。それで、駅にも照会されたんでしょうね。

ポアロ　それは当然されたでしょう！

デイヴィス警部　ええ、照会はしました。

シェパード医師　（鋭く）それで結果は？

デイヴィス警部　駄目でした。

ポアロ　駄目でしたと？

シェパード医師　そう、うまく事が運ぶとは思わなかったが。

デイヴィス警部　わかりますか、ムッシュー・ポアロ、それは、こういうわけなんですよ——その頃の時刻には、次から次へと何本かの汽車が入って来るんです。そしてリヴァプール行きの急行は十時十九分に着いて、十時二十三分に発車するんです。

シェパード医師　駅の構内は、ごった返しているんですよ。特定の人物が電話をかけたか、あるいは、特定の人物が急行列車に乗り込んだかというようなことを、はっきりさせるなんて、まず不可能に近いでしょうな。

デイヴィス警部　しかし、なぜ、そいつは電話をかけたんでしょうか。まったく、わけがわからん。

ポアロ　必ず理由があるはずです。（煙草入れと紙巻を取り出す）この事件は、とても奇妙で興味深い。（身を屈めて、煙草を巻き始める）

デイヴィス警部　（何気なく、右前方に顔を向け）いや、これは、手に余るような事件ではありませんよ。

ポアロ　（警部を見上げ）　そうお考えですか？

デイヴィス警部　ええ。残念ですがね。これは、気のいい普通の若者が犯してしまった過ちです。わたしは地元の人間として、ペイトン大尉とは何度も会っております。わたしは彼を罪人にはしたくない。しかし、なにもかもが、彼のほうに向いています。

（ポアロ、相変わらず煙草を巻き、また、煙草入れをポケットにしまったりする仕草）

シェパード医師　あなたは、ペイトン大尉について、間違った考えをお持ちだ。わたしは、彼を子供の頃から知っています。

デイヴィス警部　（気のない風に）　そうかもしらんが……

シェパード医師　（鋭く）　あなたは、彼に関して、どんな証拠をお持ちなんですか？

デイヴィス警部　彼は、ちょうど九時に《白馬亭》を出ている。それから、九時半頃に、このファーンリイ・パーク近隣で、彼を見かけた者がおります。その後、彼は行方知れず。また、彼は、ひどく金に困っておりました。（ポアロに向かい）　わたしは、公正かつ真摯《しんし》に、物事を判断するようにしておりますが、ムッシュー・ポアロ、どういう角度から見ても、彼の立場は悪いのです。

ポアロ　（煙草に火を点け、穏やかに）　となりますと、わたくしは、あなたのお役に立てないということになりますな。

デイヴィス警部　（慰めるように）また、次の機会にでも、たぶん。もっとも、この村には、殺人事件なんて、めったに起きるものでもありませんがね。（笑う）

（シェパード医師、中央の椅子に腰を掛ける）

ポアロ　（感嘆したような表情で）しかし、大変な即断ですね。いったい、どうして、そんなに早く結論に到達されたのですか？　ひとつ、お伺いしたいものです。

デイヴィス警部　（ポケットから手帳を取り出し、暖炉のそばの左手椅子に座る）まずは、犯行方法ですよ。ロジャー卿がひとりでいたのを最後に見たのは、フローラ嬢でした。それは十時十五分前のことだった。これは事実でしょう？

ポアロ　（煙草の灰を落としながら）あなたが、そう言われるのなら。

デイヴィス警部　それから、十時半には、ここにおいでの先生が、ロジャー卿のご遺体は、死後三十分経過していると言われました。

ポアロ　そうですね、三十分、——あるいは、もっと長くか。

デイヴィス警部　よろしい。そのことは、即ち、かっきり十五分の間に犯罪が行われたということを示唆しているわけです。そこで、わたしは、家中の者全員について、九時四十五分から十時までの間に、――（紙片を取り出す）――なにをしていたかを調べ上げて、一覧表を作ってみたのです。（紙片をポアロに渡し、手帳をポケットにしまう）

（ポアロ、リストに目を落とす）

デイヴィス警部　そのリストによると、パーカーが、いくらか臭いのですが、ほかは全員、潔白と思われます。

ポアロ　これはまた、完璧なリストでございますね。（警部にリストを返そうとする）

デイヴィス警部　（手を振って）いや、それは複写ですから、取っておいてください。（ポケットを叩き）原本は手帳にありますから。

ポアロ　（紙片をポケットに入れ）それは、ありがとうございます、警部殿。

デイヴィス警部　このリストで、家人全員の行動が、すっかり整理されていると思います。ここで、われわれは、重大な地点に到達したわけです。それはなにかと言いますと、門のそばの番小屋の女が、昨夜、カーテンを閉めている時、ペイトン大尉が門を入って、邸宅のほうへ行くのを見たと証言しているのです。

シェパード医師　その女の証言は、確かなんでしょうか？

デイヴィス警部　もちろんです。その女は、彼のことを、よく知っている。その女の話によりますと、ペイトン大尉は、足早に――東屋から邸宅に通じる小路を回り込んで行ったそうです。そして、その小路は、テラスへ至る近道でもあるのです。

ポアロ　それは何時頃のことですか？

デイヴィス警部　間違いなく、九時二十五分過ぎのことです。

（短い間合い）

ポアロ　テラスに着くまでに、何分ぐらいかかるのでしょう？

シェパード医師　そうですね、小路を通れば、二、三分でしょう。

ポアロ　では、邸宅までの車道をまっすぐ行けば、何分ぐらいかかりますでしょうか？

シェパード医師　それなら、五分ですね。

ポアロ　（意味ありげに）　たった五分ですか？

デイヴィス警部　疑う余地なく臭いですよ。（力説するように、指を突き出す）　九時二十五分過ぎに、ペイトン大尉は、番小屋のところを通るのを目撃されている。――彼はひどく金に困っていた。――九時半に、レイモンドさんは、ロジャー卿が、誰かに金の無心をされていて、それを断っている声を聞いている。その次になにが起こったか？　（立ち上がって中央に進む）　ペイトン大尉は、来た時と同じように、書斎の窓から出て行ったのです。彼は腹を立て、むしゃくしゃしながら、テラスに沿って歩いていたのだが、ふと見ると、窓（左手窓を指す）が開いていた。ちょうど、フローラ嬢が、伯父さんに、おやすみなさいを言っているところだった。ブラント少佐とレイモンドさんは、ビリヤード室にいた。いっぽう、アクロイド夫人は、もう寝室に引き取っていた。――そこで、ペイトン大尉は、こっそり忍び込んで、本の間に挿んであった短剣を手に取り、書斎のほうへ取って返した。ご存知のように、昨夜は天気がよく、地面も乾いていたから――彼の足跡は残っていない。彼は書斎の中に入った。それから――いや、これ以上、詳細を語る必要はないでしょう。（中央奥手に進む）

シェパード医師　そうですね。

デイヴィス警部　（中央前方に進み）それから、彼は、窓から滑り出て、ずらかった。さすがに、宿に戻る度胸はなかったので、その足で、まっすぐ駅に向かって、そこから、シェパード先生に電話をかけたのです……

ポアロ　（穏やかに）なぜ？

デイヴィス警部　（意外な質問に驚いたように）えっ？

シェパード医師　そうだ、なぜなんだろう？

デイヴィス警部　そうですね、彼が、なぜ、そんなことをしたのか、答えるのはむずかしい。しかし、殺人者というものは、時に、おかしなことをしでかすものです。ところで、ここに、ひとつ、奇妙なことがあるんです。それは、あれほど、この土地で顔を知られているにもかかわらず、駅で彼を目撃した者が、ひとりもいないということです。誰かが、彼を目撃していてもいいはずなのにね。それに、リヴァプールからも、なんの情報も入っていないのです。

シェパード医師　彼はリヴァプールへ行ったと、お考えで？

デイヴィス警部　当然、そう考えるべきだと思います。リヴァプール行き急行が発車する数分前に、あの電話がかけられたのですからね。——これには、確かに、なにかの理由があるに違いない。

シェパード医師　司直の追跡の方向をはぐらかすため、とは考えられないでしょうか？

デイヴィス警部　それも、ひとつの見方ですね。（ポアロのほうに向かい）それで説明がつくと思われますか、ムッシュー・ポアロ？

ポアロ　友よ《モ・ナミ》、わかりませんね。（立ち上がり）しかし、ひとつだけ、申し上げておきましょう。——電話をかけた理由がわかれば、——その時は、殺人の理由もわかる、ということでございます。（マッチを取り、マントルピースのほうに進み、煙草に火を点ける）

デイヴィス警部　この問題にこだわり過ぎて、血道をあげることもないでしょう。もっとほかに、有力な手掛かりがありますよ、ムッシュー・ポアロ。——例えば、指紋、とか。

ポアロ　（長椅子の背後に進み）　警部殿、行き止まりの小路には、お気をつけになることです。

（警部、呆然としてポアロを見つめる）

シェパード医師　あなたは、袋小路のことを言われているのですか？

ポアロ　そう！　どこへも辿り着かない小路です。

デイヴィス警部　あなたは、指紋が贋物だと、ほのめかしておられるようだ。わたしも、贋指紋みたいなことについては、本で読んではいるが、経験上、そんなものに出くわしたことはないですよ。ともかく、指紋が贋物であろうと、なかろうと、どこかしらへは、導いてくれるには違いないでしょうから。

（ポアロ、肩をすくめ、腕をひろげて見せる。当惑する警部）

デイヴィス警部　さあ、ムッシュー・ポアロ、あなたも、この指紋が、昨夜、この家にいた誰かのものであることぐらいは、お認めになるでしょうね！

ポアロ　Bien entendu！（もちろん！）　（うなずく）

デイヴィス警部　そうでしょう！　ところで、わたしは、昨夜、この家にいた全員の指紋を採取したのです。ところが、どれも、短剣の指紋と符合しなかった、ただひとり、ペイトン大尉を除いてね。われわれは、できるだけ早く、あの若者を捕まえなければならない。それが、できさえすれば……

ポアロ　それまでに、多くの貴重な時間が失われることでしょう。

デイヴィス警部　（当惑したようにポアロを見つめ）なんと言われる、ムッシュー・ポアロ？

ポアロ　（長椅子に座りながら）あなたは、家人全員の指紋を採取したと言われた。それは確実なことですか、警部殿？

デイヴィス警部　（苛々《いらいら》して）確かですよ！

ポアロ　誰ひとり、見逃しはありませんか？

デイヴィス警部　ひとりも、ありませんよ！

ポアロ　生者も死者も、ですか？

デイヴィス警部　（疑わし気に）あなたは、なにを……

ポアロ　（密やかに）死者と。

（短い間合い。警部、呆気に取られて、ポアロを見つめる）

ポアロ　（長椅子に座って）　お聞きください、友よ《エクテ・モ・ナミ》。わたくしが示唆したいのは——短剣の柄の上の指紋はアクロイド卿自身のものではないか、ということなのです。

デイヴィス警部　本気で言ってるんですか？

ポアロ　（平然として）　それを証明するのは、わけないことです。まだ、ご遺体が、そこにあるんですからね。

デイヴィス警部　ですが、ムッシュー・ポアロ、問題の要点は、どこにあるんです？　あなたはまさか、自殺説を考えておられるのではないでしょうな？

ポアロ　ああ、いや、いや。わたくしの説では、犯人は手袋をはめていた、と。短剣で一撃した後、犯人は被害者の手を取って、短剣の柄に押しつけたのです。

シェパード医師　しかし、なぜ？

ポアロ　混迷した事件を、さらに混迷させるためです。

デイヴィス警部　どうして、そうお考えになったのですか？

ポアロ　お恥ずかしい話ですが、わたくしは、指紋のことは——波型だとか、渦巻型だとかいうことは——一向に、存じておらんのですよ。ですが、わたくしは、指紋の位置が、普通とは、はなはだ違うということには、気づきました。ひとを刺す時、柄を、あんな風に握ることは、ないはずです。

デイヴィス警部　それは、ひとつの見方ではありますな、ムッシュー・ポアロ。調べてみましょう。いいお日和《ひより》ですな、みなさん。（ふたりに向かって）ところで、わたしは、きょう、リヴァプールへ行って参ります。

ポアロ　道中ご無事で《ボン・ヴォヤージュ》。

デイヴィス警部　えっ！

ポアロ　行ってらっしゃい《ボン・ヴォヤージュ》。

デイヴィス警部　もし、わたしが発つ前にお目にかかれなくとも、なにかご用向きの必要がありましたら、ご遠慮なく申しつけください。本署のほうにも、そのように取り計らっておきますので。

（下手のフランス扉から退場）

ポアロ　ありがとう、ありがとう、警部殿。（暖炉のほうに進み、火に対面する）

シェパード医師　（中央前方の椅子から立ち上がり、不安そうに）昨夜来の状況判断が完全に違ってしまった。（左手の窓のほうへ近づいて）嫌疑をかけられているのはパーカーだと、わたしは思っていた。哀れな、ラルフ！（身体を揺さぶりながら、ポアロに向かい）ムッシュー・ポアロ、あなたは彼の無罪を信じてくださるのでしょうね、そうではありませんか？

ポアロ　あなたは、真実をお知りになりたいのですか？　（マントルピースの上に手を置く）

シェパード医師　もちろんですとも。

ポアロ　友よ（医師のほうを向き）、すべてのことが、ラルフの有罪という仮説を、指し示しております。

シェパード医師　なんてことだ！　ラルフ！

ポアロ　（暖炉のところで）そう、あの愚かな警官——il est bête comme une vache.（彼は牛のように馬鹿げている）——彼は、すべてのことを自分の都合のいい道へ向けています。動機——機会——それらの、すべてを、ペイトン大尉へと導いているのです。（断固として言う。それから、ベルを鳴らす）しかし、わたくしは、徹底的に調べ直すつもりです。わたくしは、フローラ嬢と約束しました。あの若いお嬢さんは、確信しておられた。そうですとも、お嬢さんは信じておられた！（中央に移り、それから、奥手書斎に入る）ところで、あなたの言われた青い封筒——（中央に戻り、両開きのドアの間で）——あの封筒以外、書斎の中のすべてのものが、元のままにしてあるわけですね？

シェパード医師　（奥手に進み、書斎の内部を覗き込み）確かに、そのはずですが。

（下手奥よりパーカー登場）

パーカー　お呼びでございますか？

ポアロ　（暖炉のところまで戻る。シェパード医師、中央右手の椅子に座る）　ああ、パーカー、書斎に入って、よく見回してくれないか。昨夜、お前がシェパード先生と一緒にそこに立って、ご主人が殺されているのを発見した時と、部屋の中が同じ状態であるかどうかを、見てもらいたいんだよ。

パーカー　（書斎に入る）　昨夜は、カーテンが閉まっておりました。照明も点いておりました。

ポアロ　そうか！　そうか！　そのほかには？

パーカー　（大きな安楽椅子を指さして）　この椅子が、小机の前に、もう少し引き出されておりました。

ポアロ　どんな風に？　見せておくれ！

（パーカー、椅子を、二、三フィート引き出し、小机の前左側に据え、ぐるりと、ひと回りさせて、座席をドアのほうに向ける）

パーカー　こんな風でございました。（書斎から出てきて、両開きのドアの左側に立つ）

ポアロ　間違いないね？

パーカー　はい。

ポアロ　（思案顔で）確かに、この通りかね？

パーカー　はい、さようで。

ポアロ　（頭《かぶり》を振って、自問自答するかのような仕草。医師は、再び、腰を掛ける）Voila ce qui est curieux！（それは奇妙なことだ）！　（短い間合い）椅子をこんな風に向けて座る者などいない。（シェパード医師に向かい）先生が昨夜、アクロイド卿とお別れになった時、椅子はこの位置にありましたか？

シェパード医師　（立ち上がり、奥手に進み、両開きのドアの左側に立つ）　おお、いいえ、その位置ではなかったはずです。

（ポアロ、書斎に入り、椅子に座り、立ち上がって、椅子の位置を元に戻して、手で高さを測ってから、書斎を出て、中央左手に座る。レイモンド下手奥より登場）

レイモンド　おはようございます。

(シェパード医師、書斎の左手から暖炉のほうに移る。レイモンド、中央右手に)

ポアロ　(立ち上がって、右手から中央奥手に進む)　おはようございます《ボン・ジュール》、ムッシュー・レイモンド、昨夜、アクロイド卿が殺された時、この椅子は、(椅子を再び前方に引き出し)　こんな風になっていたのですが、その後、誰かが、元の位置に戻してしまったのです。あなたは、そのことに、お気づきでしたか?

レイモンド　(両開きのドアの右手に移り)　いいえ、まったく、気づきませんでした!　わたしは、だいたい、椅子がそんな位置にあったことすら、覚えておりません。

ポアロ　まあ、この件は、たいしたことではございません。ところで、わたくしが知りたいのは、先週の内に、誰か見知らぬ者がアクロイド卿を訪ねてきたかということなんですが?

レイモンド　(少し考えて)　先週中にですか?　さあ、覚えておりませんが。パーカー、お前は、どうだい?

パーカー　先週の月曜日に、若い男が参りました。なんでも、《カーティス&トラウト》商会から来たとか言っておりました。

ポアロ　どんな男か説明できるかね?

パーカー　綺麗な髪をした、背の低い男でございました。ブルー・サージのスーツを、小ざっぱりと着こなしていて、身分柄から言っても、申し分のない若者でございました。

レイモンド　（笑う）　おお、そうだ！　思い出したよ。だが、あの男は、ムッシュー・ポアロがお訊ねの「見知らぬ者」の類に属するような人物ではないですよ。（ポアロのほうを向いて）　ロジャー卿は、蠟管録音機《デクタフォン》を購入しようと考えていたんです。それがあれば、限られた時間でも、より多くの仕事をこなせると、お考えでした。そんなわけで、会社が代表者を派遣してきたのですが、購入はされなかったようです。

ポアロ　（うなずいて）　それでは、たいしたことではありませんね。ありがとう、パーカー。

パーカー　（レイモンドに向かって）　あの、失礼します！　ハモンド様が、ただいま、お着きになりました。――あなた様に、なにかお話があるとのことでございます。

レイモンド　そうかい。それじゃあ、すぐ行ってみよう。

（パーカーを従えて、下手奥より急ぎ退場）

ポアロ　（シェパード医師に向かい）　ハモンド氏とは？

シェパード医師　（暖炉にて）　当家の顧問弁護士です。

ポアロ　若きレイモンド氏も大忙しですな。あの方は、当家には長いのですか？

（長椅子に腰を掛ける）

シェパード医師　ちょうど、二年になります。

ポアロ　なかなか効率的な方のようですね。

シェパード医師　ロジャー卿は、とても有能な秘書だと思われていたようです。

（フローラ、下手のフランス扉から登場。ブラントを従えている）

フローラ　あら、ここにいらしたの、ムッシュー・ポアロ！

ポアロ　（立ち上がり）ああ、フローラ嬢。（握手する）

フローラ　あなたを探しに来たのよ。（興奮した様子で）デイヴィス警部とメルローズ署長が、今朝早くにここへいらして、わたしに、いろいろ質問したの。

ポアロ　はい、はい、存じておりますよ。勇気を出してくださいまし。フローラ嬢、決して、ご心配なさるようなことでは、ございません。ところで、アクロイド夫人——あなたのお母様に、ただいま、お目にかかることは、できますでしょうか？

フローラ　ええ、母はいま、弁護士さんと一緒におります。わたしが、母に、その旨、話しておきましょう。（下手奥より退場）

ポアロ　（ブラントに向かい）　ブラント少佐、遺体が発見された夜、あなたは、椅子を壁のほうへ向かって動かしましたか？

ブラント　椅子を！　いや、それには、触れもしなかった。なぜ、わたしが、そんなことをしなければならないのです？

（ポアロ、書斎のドアに近づき、ブラントのほうを振り返り、ポケットから、白い麻布の切れ端を取り出し）

ポアロ　少佐殿、これをどうお考えですか？

ブラント　わかりません！　どこでそれを入手されたのですか？

ポアロ　あの東屋の中にある枝編み細工の椅子の上にあったのです。

シェパード医師　引き裂かれたハンカチの切れ端のように、思いますが。

ブラント　そんなところだろう。

（ポアロ、麻布をポケットの中にしまう）

ポアロ　まともな洗濯屋は、ハンカチに糊などつけたりするものではありません。（シェパード医師に向かって）ところで先生、少々お訊きしたいのですが、この屋敷の中で、ただひとり、アリバイがはっきりしない者がおります——それは、アーシュラ・ボーンなのですが。
シェパード医師　しかし……。
ポアロ　（手を挙げて）彼女は、昨夜九時半に、手紙をポストに入れに行ったと申しました。しかし、実はそうでなくて、誰かに逢いにいったのだと仮定しますと、あの東屋ぐらい恰好《かっこう》の場所は、ございませんでしょう。あそこで、——わたくしは、麻布の切れ端を発見したのです。
ブラント　（シェパード医師に向かい）いったい、彼の狙いはなんなんだ？
シェパード医師　さあ、困惑するばかりだよ。
ポアロ　わたくしのほうは、より鮮明になって参りました。（中央へ進む）
（ブラント、横切って暖炉のほうへ。シェパード医師、中央右手へ）
（アクロイド夫人登場。ハモンド氏、フローラ、レイモンドを従えている）

アクロイド夫人　ああ、シェパード先生！（ハモンドのほうを向いて）ハモンドさん――可哀想なロジャーがとても親しくしていたお友だちなの。（一同、互いにうなずき合う）――それから、――こちらは――（ポアロを見て、言いよどむ）

フローラ　（中央に進み出て）ムッシュー・ポアロですよ、お母さん。

アクロイド夫人　ああ、そうね。ムッシュー・ポアロでした。（軽く一礼する）そうでした、そうでしたね。彼がラルフの行方を探しているんでしたね、そうでしょう？

フローラ　ムッシュー・ポアロは、殺人犯を探しているんです！

（シェパード医師、長椅子に腰を掛ける）

（ハモンド、部屋を横切り、窓のところへ進み、戸外を見る）

ポアロ　（へりくだった態度で）マダーム、昨夜、寝室に入ったのは、何時頃でございましたか？

アクロイド夫人　（ためらいを見せながら）わたし、――わたし、よく覚えていません。

ポアロ　ええ、そうでしょうとも。でも、フローラ嬢より前のことで、ございますね？

アクロイド夫人　（不機嫌に）確か、そうでした。娘は、本を読んでいたので、ホールに残して、先にやすみました。とても疲れていたので、ベッドに入りたかったんです。

ポアロ　それは、九時半より前のことで、ございますね？

アクロイド夫人　（ためらいがちに）　わたし――わたし、あの――

フローラ　（遮るように）　それなら、九時二十分過ぎでしたよ、お母さん。あの時、わたし、時計を見て、まだ九時二十分過ぎなのに――と言ったはずです。

アクロイド夫人　（明るく）　ああ、そう、そうだったわね。思い出しました。――確かに、そうでした。わたし、ひどく疲れていたので、やすむことに決めたんでした。そうです――確かに、九時二十分過ぎでした。

ポアロ　マダームがこの部屋を退出なさる時、窓は開いておりましたでしょうか？　それとも、閉まっておりましたでしょうか？

（ハモンド、振り返って、ふたりのやり取りに耳を傾ける）

アクロイド夫人　（苛々したように）　わたし、そんなこと、覚えてません。第一、わたし、窓のそばになど、参りませんでしたから。

フローラ　あら、違うわ、お母さん！　お母さんは、窓の外を覗いて、見たじゃ――

（アクロイド夫人、フローラを見て、瞬時、頭を振る）

フローラ　ほら、ブラント少佐を見たと！

ブラント　なんですって？

アクロイド夫人　（ブラントに微笑みかけ）　そう、そう、そうだったわね。（フローラに）その通りよ。（ポアロに向かい）　わたし、窓の外を見て、ブラント少佐が暗闇の中で、なにを見ているのか、確かめようとしたんだわ。

ポアロ　窓をお開けになりましたか？

アクロイド夫人　（困惑したように）　ムッシュー・ポアロ、本当のところ、なにも思い出せないんです。

ポアロ　では伺いますが、寝室へ行く前に、窓をお閉めになりましたか？

アクロイド夫人　（厳然として）　それだけは、はっきりと申せます。わたしは、窓は閉めませんでした。そういうのは、執事のパーカーが、夜、家中の戸締まりをして回る時にする仕事ですから。

ポアロ　（シェパード医師のほうを向いて）　確か、短剣は、マントルピースの上に置いてあった本に挿《はさ》んであったと、おっしゃいましたね、先生？

シェパード医師　そうです。

ポアロ　（アクロイド夫人に）　マダーム、あなたが、この部屋においでになった時、短剣は、あの本の間に挿んでありましたですか？

アクロイド夫人　存じませんね。――そうだったかもしれませんけど――わたし、わたし、気がつきませんでした。

ポアロ　でも、マダームも本をお読みになっておられたのではございませんか？

（中央右手に移る）

アクロイド夫人　わたしが、ですか？

（アクロイド夫人、中央左手に腰を掛ける。フローラ、レイモンド、そのそばに立つ）

ポアロ　（ハモンドに向かい）ムッシュー・ハモンド。

ハモンド　はい。（振り向いて、前方テーブルのところに寄り、ぐるりと回って、中央奥手のテーブルのところで止まる）

ポアロ　（ハモンドに向かい）あなたは、アクロイド卿の顧問弁護士として、彼の遺言の内容については、よくご存知と思いますが。

ハモンド　もちろんです。わたしが、きょう、ここへ伺ったのも、それが主な用件だからです。

ポアロ　わたくしは、フローラ嬢のためにこの事件を扱っているもので、その遺言の内容をお聞かせ願えますね？

ハモンド　すこぶる簡単なものですよ。法律的な言葉を使いますと、「所定の遺産と遺贈を差し引きたる後」——

ポアロ　（突然、遮って）それは、例えば——

ハモンド　少額ずつを奉公人一同に——ジェフリー・レイモンド氏に五百ポンドを、それから、ある程度の額をいくつかの病院に——

ポアロ　慈善事業への寄付などには、興味を惹かれませんが。

ハモンド　そうでしょうな。生涯毎年一万ポンドの配当を確保できるだけの株券をアクロイド夫人に、フローラ・アクロイド嬢には、現金で二万ポンドを、——この邸宅を含む残余の財産と《アクロイド父子商会》の株券は、全部、養子のラルフ・ペイトンに——ということになっています。

ポアロ　アクロイド卿は、大変な財産家だったのですね。

ハモンド　莫大な財産です。これで、ペイトン大尉も、一躍、若き富豪となるわけです。

（一同、ポアロのほうを見る。ポアロ、暖炉のほうへ進む）

ハモンド　（振り向いて、アクロイド夫人のほうへ歩み寄る）　さて、アクロイド夫人、お金の話題が出たので、お訊ねしたいのですが、ただいま、お手許《てもと》のほうは、ご満足ゆくだけお持ちでいらっしゃいますか？　直截《ちょくせつ》に申しますと、お金のこと――現金のことでございます。もし、お手許不如意《ふにょい》ということでしたら、ご入用なだけ、すぐにでも調達いたしますが。

レイモンド　それなら、大丈夫なはずですよ。昨日、わたしが、百ポンドの小切手を現金に換えたばかりですから――

ハモンド　（ポアロに向かい）　ご遺体から、そのお金は発見されているのですか？

ポアロ　いいえ。

ハモンド　それじゃあ、そのお金はどこにあるのでしょう？　机の中ですか？

レイモンド　いいや！　ロジャー卿は、いつも、化粧《ドレッシング》テーブルの引き出しに入れておかれるんです。現に、昨夜わたしが、そこへ入れました。

ハモンド　帰る前に、ロジャー卿が、昨夜のうちに、そのお金を全部使ってしまわれたのかどうかを、確かめておきたいものですな。

ポアロ　ムッシュー・レイモンド、持ってきていただけますか。

レイモンド　いいですよ。（上手階段より退場）

ポアロ　鍵のかからないような引き出しに、お金をしまっておくとは、まことに妙な習慣でございますね。

アクロイド夫人　（威厳を持って）　ロジャー卿は、奉公人には全幅の信頼を抱いておりました。

ハモンド　（早口に）　おお！　そうでした、まったくもって！（中央奥手に進み、書斎のドアのところに立つ）

レイモンド　（右手階段を降りてきて、中央右手に進み）　ハモンドさん、お金は、まったくありませんでした。

ハモンド　え？　すると、ロジャー卿が、晩餐の後に、百ポンドをなにかの支払いに使ったか、あるいは、盗まれたか――ふたつにひとつということになるじゃないか。（アクロイド夫人に向かい）　昨夜、ロジャー卿の部屋に行った奉公人は、誰になりますか？

アクロイド夫人　奥女中《ハウスメイド》――です。

ハモンド　いままでに、なにかなくなったものは？

アクロイド夫人　いいえ。

ハモンド　奉公人の中で、誰か暇をとろうとした者は？

アクロイド夫人　そういえば、ボーンが――小間使いです。

ポアロ　あなたが、お許しになったのですか？　（アクロイド夫人、うなずく。ポアロ、部屋を横切ってベルを鳴らし、元の位置に戻って、早口に訊ねる）　それは、いつのことでした？

アクロイド夫人　ロジャー卿が、きのう、彼女を解雇したのです。

ポアロ　なぜ？

アクロイド夫人　存じません。彼女に直接お聞きになったら、よろしいかと――

（パーカー下手奥より登場）

パーカー　お呼びでございましょうか、奥様。

ポアロ　（アクロイド夫人に向かい）　失礼いたします。（パーカーのほうを向き）　小間使いに、ここへ来るように言ってくれないか？

（パーカー、下手奥より退場）

ハモンド　ロジャー卿が、自分で全部使ってしまったというのは、あり得ないことではない――だが、なにか犯罪が絡んでいるような気もする。（部屋を横切って、左手窓の

ところへ行く)

(アーシュラ・ボーン、下手奥より登場、中央左手へ進む)

ボーン　(静かに)お呼びでございましょうか?

ポアロ　(中央に進み、レイモンドに向かって)失礼します、ムッシュー。

(レイモンド、暖炉のそばに腰を掛ける)

ポアロ　お前は暇を取るのだそうだね?

ボーン　はい。

ポアロ　どうして?

ボーン　わたくしは、旦那様の机の上の書類を勝手に触って、台無しにしてしまったのでございます。それで、旦那様は、ご立腹になって、出て行けとおっしゃいました。一刻も早く、ここから出て行けと。

ポアロ　お前は、昨夜、ご主人の寝室に入ったのかね?

ボーン　はい。

ポアロ　それは、お前の受け持ちだったのかな？

ボーン　いいえ、違います。奥女中のいちばん古参の方の受け持ちだったのですが、ちょうど外出しておりましたし、次に古参の奥女中も体調が悪かったものですから、わたくしが、寝室のお仕事をお引き受けすることになったのでございます。それで、旦那様の寝室から降りて参りました時、フローラお嬢様にお会いいたしました。

ポアロ　フローラお嬢様、以前には、そのことを、お話しになりませんでしたね、なぜですか？

フローラ　わたし、そういうことを話す状況じゃないと思ったし、わたし——わたし、話したいとも思わなかった。

ポアロ　（ボーンに向かい）お前に言っておかねばならんが、昨夜、ご主人の寝室から大金が盗まれたようなのだよ。

ボーン　なんでございますって？　わたくし、お金のことなど、まったく存じておりません。（むっとしたように）もし、わたくしが、お金を盗んだのが元で、旦那様がわたくしを解雇されたというなら、それはとんでもない間違いでございます。

（短い間合い）

ポアロ　昨日の話に戻るが、旦那様のほうから解雇を言い渡されたのか、それとも、お前のほうからお暇をいただきたいと申し出たのかね？
ボーン　（うなずいて）わたくしのほうから、お暇乞《いとまご》いをいたしたのでございます。
ポアロ　ところで、昨夜のご主人との話し合いは、どのくらいつづいたのかね？
ボーン　話し合いですって？
ポアロ　そう。お前とご主人とが、そこの書斎で話し合っていた時間だよ。
ボーン　わたくし――よく覚えておりません。
ポアロ　二十分。あるいは、三十分ぐらいかな？
ボーン　そのくらいだったと思います。
ポアロ　それよりは長くはなかったのだね？
ボーン　三十分以上は、かかりませんでした。
ポアロ　（少し沈黙）　ありがとう。（手を振って）　これでおしまいだよ。

（ボーン、下手奥より退場）

ポアロ　（ハモンドに向かい）　ムッシュー・ハモンド、あの娘をどうお考えになります？
ハモンド　よくわかりません、ですが不審な行動をしているようにも見受けられる。

ポアロ　（再度、ハモンドに向かい）　あの娘の話をどう判断されます？
ハモンド　なんの話です？
ポアロ　暇を取るという話です。小間使いひとりを解雇するのに、三十分もかかるものでございましょうか？　それに、机の上の書類に勝手に触れたからという解雇の理由も、考えてみると、それほどの失態とは思えませんが。（中央奥手に進む）
ハモンド　（奥手から中央に戻ろうとするアクロイド夫人に向かって）　では奥様、きょう中に、いくらかお金を届けさせることにいたしましょう。少々急いでおりますので、これで失礼いたします。
アクロイド夫人　（急いで立ち上がり）　あなた、わたしたちと、昼食をご一緒しません？
ハモンド　ありがとうございます。しかし、そうさせていただくわけにもいかないのですよ。ロジャー卿が急逝されたものですから、急ぎ処理しなければならない案件が、山積しておりましてね。（アクロイド夫人の手を握り、フローラのほうを向き）　失礼いたします、フローラ嬢。（レイモンドとフローラに向かい）　失礼します。（ポアロとシェパード医師に向かい）　失礼しますよ。（下手奥より退場）
アクロイド夫　さあ、みなさん。それでは……
（ほかの者も動こうとする。その時、ポアロ、一同を引き留め、いやおうなしの口調で）

ポアロ　みなさん《ムッシュー・エ・マダーム》！　お待ちください！

（一同に残れという身振りを示す。アクロイド夫人、再び腰を掛ける。ほかの者も立ち止まる。——驚き、不安げに）

ポアロ　まずお嬢様に、お願いがございます。
フローラ　（不安げに）わたしに、ですか？
ポアロ　（一歩前方に踏み出し）フローラ嬢、あなたの婚約者は、どこにおられますか？
フローラ　知りません。半年も前からロンドンに行ったきりのはずです。
ポアロ　それが、ペイトン大尉は、きのう、この村に到着しているのですよ。
アクロイド夫人　え？　ラルフが？

（フローラ立ち上がる）

ポアロ　彼は、村の森で見かけられているのです。——それに昨夜、九時半頃、東屋のほうに通じる小路に入ってこられるのも、見られている。なぜ彼は訪れたのでしょう、マダーム？　こっそり誰かに逢うためだったのではないでしょうか？

フローラ　こっそり誰かに逢う――密会ってこと？　それならわたしとじゃない。

ポアロ　密会相手が、彼の婚約者ではないと？　これはまた、妙な話でございますね。

フローラ　ラルフはいつも、妙なことをする癖があるんですよ。それだけのことです。

ポアロ　説明にならない説明ですな。（優しく）　フローラ嬢、あなたは、わたくしに仕事をお任せになった。それなのに、一向に、わたくしを信頼されていないようですね！

フローラ　（躍起になって）　この数か月の間、キングス・アボットで、ラルフを見かけたことなど、絶対にありません。

（短い間合い）

ポアロ　（静かに、だが断固として）　ペイトン大尉は《白馬亭》に投宿しておりました。――それが昨夜、九時頃に宿を出たまま、帰っていないのです。彼の荷物は、まだ、《白馬亭》に置いてあります。

（緊迫した間合い）

ポアロ　お嬢様《マドモアゼル》、あなたは、ペイトン大尉と婚約しておられる。彼がもし誰かを信頼しているとすれば、あなたが一番なはずでございましょう。そこでお願いいたします。――心からのお願いです。もし、あなたが、彼の居場所をご存知なら、出てくるよう説得していただきたいのです。

（フローラ、何か言おうとして、首を上げる）

フローラ　ムッシュー・ポアロ……

ポアロ　ちょっとお待ちください。わたくしの申し上げることを全部お聞きになって、よくお考えになってから、お返事をください。彼の立場は、日に日に悪くなっていきます。ですが、情況がどんなに悪化しても、――いますぐ、出てきて、釈明をすれば、なんとか切り抜けるチャンスはあります。ところが依然として、彼は沈黙を守り、行方不明――なのです。これはなにを意味するのでしょう？　ともかく、どう取られるのか、わかったものではありません。お嬢様、もしあなたが、彼の潔白を信じておられるなら、手遅れにならないうちに、出てくるように、説き伏せていただきたいのです。

フローラ　（低い、怯えたような調子で）取り返しがつかなくなると、お思いですの？

ポアロ　（極めて優しく）　お嬢様、よろしいか。あなたにお勧めしているのは、ポアロでございますよ。――ポアロは多くの知識と経験を持っております。わたくしは、決して、あなたを失望させるようなことは、いたしません。あなたは、わたくしを信頼してくださらないのですか？　――さあ、ペイトン大尉がどこに隠れているのか、おっしゃってください！

フローラ　（ポアロに向かい）　誓って正直に申し上げます。――ラルフがどこにいるのか、本当に知らないのです。きのうも、それ以降も、ラルフに会ったこともなければ、便りを聞いたこともありません。

（フローラ、前方左手に移る。ポアロ、一瞬、彼女を凝視する）

ポアロ　なるほど《ビエン》！　そういうことですか！　では、ほかのみなさんに、お願いしてみます、アクロイド夫人、ブラント少佐、シェパード先生、それからムッシュー・レイモンド。もし、みなさんのうちで、ペイトン大尉の隠れているところをご存知の方は、ぜひ、おっしゃってください！

（一同、沈黙）

ポアロ　お願いいたします。

（短い間合い）

アクロイド夫人　（気を悪くしているような様子で）　ラルフが出てこないというのは、本当に変ですわね。

（ポアロ、中央奥手に進む）

フローラ　お母さん、――あなたまさか、ラルフが――

（レイモンド、これを聞いて、急に身体の向きを変えて、腹立たし気に妙な叫び声をあげる。――一同、依然として困惑した表情）

アクロイド夫人　こうしてみると、あなたの婚約を正式に発表していなかったのは、不幸中の幸いだったわね。

フローラ　明日、発表になりますわ。

アクロイド夫人（驚いて）　フローラ！

フローラ（レイモンドに向かい）　ジェフリー、新聞に載せる発表分を送ってください。

レイモンド　それが賢明な方法だとおっしゃるのなら——フローラお嬢様。

フローラ（衝動的にブラントのほうに向かい）　ブラント少佐、おわかりくださいますね。こういう場合は、わたしは、ラルフのために、するべきことをしなければならないのです。（探るようにブラントの顔を見る）

（ブラント、頭を振る）

フローラ　わたしは、ラルフの不利になるようなことは、絶対できませんの。

ブラント　お嬢様の言われることは、正しい。お嬢様は正しいことをしていらっしゃると思いますよ。わたしは、お嬢様の味方になりますよ！

フローラ　ブラント少佐、ありがとう！

ポアロ（中央で）　お嬢様、あなたの誠実さと勇気に敬意を表します。——ではございますが、わたくしが、その婚約発表を、二、三日延期していただきたいとお願いしても、誤解なさらないでくださいまし。

（フローラ、ためらう）

ポアロ　これは、あなたと同じくペイトン大尉のためにもなるので、お願いしているのです。おや、顔をしかめておられますね。あなたは、なぜ、わたくしが、そんなことを申し上げているのか、おわかりにならないようだ。しかし、わたくしは、そうすることが、得策だと保証します。あなたは、全幅の信頼で、この事件をわたくしにお任せになりました。ですから、どうか、わたくしの妨げになるようなことは、なさらないでいただきたいのです。

（短い間合い）

フローラ　（静かに）気が進まないけれど、あなたの言う通りにいたします。

ポアロ　ところで、みなさん《ムッシュー・エ・マダーム》、これだけはご理解願いたい。――わたくしは、あくまでも、真実へ到達するつもりでおります。――わたくしは、すべてを知ることになると言っておるのでございます。――それは、みなさんのご事情にかかわらず、すべてを知る、ということです。

レイモンド　（怪訝《けげん》そうに）——われわれの「事情にかかわらず」とは、どういう意味ですか。

ポアロ　文字通りの意味ですよ、ムッシュー。この部屋におられるみなさんは、どなたも、なにかを隠していらっしゃいます。

（一同の間から、抗議するような囁きが起こる、——ポアロ、手を挙げて制しながら）

ポアロ　ええ、そうです！　わたくしが申し上げましたことの意味は、わたくしが、よく承知しております。「みなさんのうちの、どなたもが、なにかを隠しておいでになる」ということです。さあ、いかがですか？　わたくしの言うことは、間違いでしょうか？（一同を見回す）

（短い沈黙）

ポアロ　わたくしは、再度、みなさんに申し上げたい。真実をお話しください。すべての真実を！（中央前方に進み、振り返る）

（再び沈黙）

ポアロ　どなたもお話しくださらない。（中央左奥手に立ち、一同を見渡し、軽く笑う）わたくしは答えをいただいたわけです。だが、覚えておいてください。——わたくしは、すべてを知り尽くすつもりなのです！（踵《きびす》を返し、上手奥より退場）

——幕——

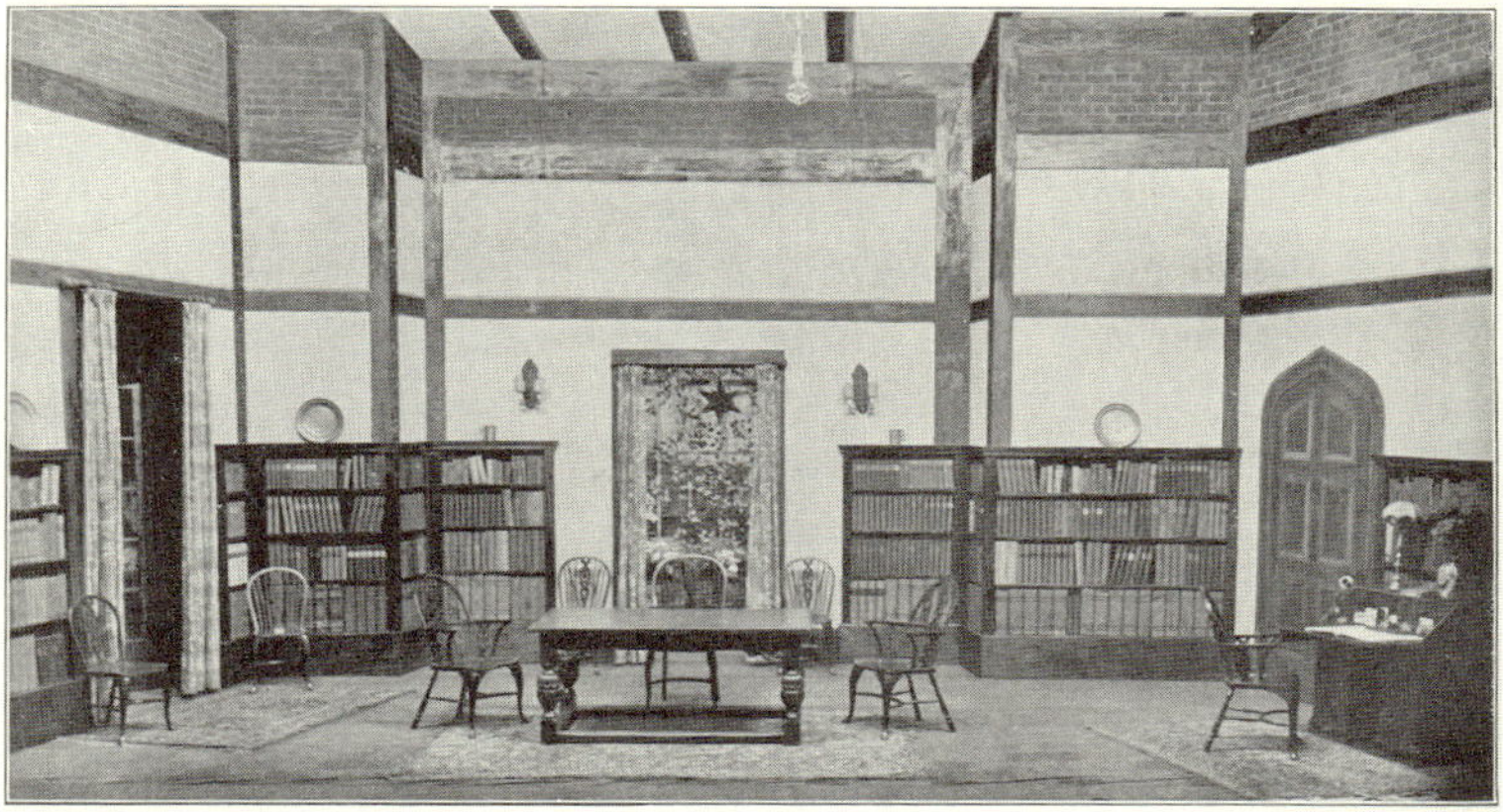

第三幕の舞台

第三幕

第一場——エルキュール・ポアロの書斎

暗色楢材《ダーク・オーク》の梁と無地の漆喰《しっくい》で囲まれた部屋。交錯する楢材の梁の上、二フィートぐらいの部分には、赤煉瓦が嵌め込まれ、その上の天井までの間には、やはり楢材の梁がある。

部屋の三方には、書棚が据えられている。左の壁にはフランス扉《フレンチ・ウィンドウ》があり、そこから庭園に通じている。中央奥手には温室があり、そのドアにはカーテンが引かれるようになっている。右奥手には、ゴシック式の頑丈なドアがある。

開幕

ポアロ、中央テーブルの真ん中に腰を掛け、『タイムズ』を読んでいる。テーブルの上には、コーヒー、ミルク、砂糖、ロールパンの食べ残しが載せられた盆が置いてある。ポアロの顎の下には、ナプキンが巻かれている。マーゴット、ポアロの右側に立ち、彼を見つめている。

マーゴット　Vous avez finis ?　（お済みですか?）
ポアロ　英語で話しなさい、マーゴット。
マーゴット　おしゅみですか?
ポアロ　そんな言い方は駄目だね。
マーゴット　Zut !（それでは!）——お済みでございますか?
ポアロ　Donnez moi une demi tasse.（カップ半分くらい入れてくれたまえ）
マーゴット　（コーヒーを一杯に注いで）Prenez donc la tasse entiere.（もう一杯ぐらいよろしいでしょう）
ポアロ　Non——Non.（いや——いいよ）
マーゴット　C'est pas ça qui vous fera du mal ?（お召し上がりになっても、決して毒にはなりませんでしょう?）

（ポアロ、抵抗するような態度）

マーゴット　Si, si, allez――prenez――la――（さあ、さあ、どうぞ――）

（ポアロ、カップの中に数個の砂糖を入れる）

マーゴット　Non――non――assez, voyons, ça va vous engraisser――（いけません――いけませんよ、そんなに沢山お入れになって、まあまあ、お肥りになってしまいますよ――）

（薔薇《ばら》が右手窓から投げ込まれる。ポアロ、椅子を引いて立ち上がり、それを取り上げた時、窓辺にカリルの姿を見つける）

ポアロ　ああ、これはカリル嬢！

カリル　（登場、中央左手に進む）あなたのベゴニアはいかがですの？

ポアロ　ちょっとお待ちください。（温室に入り、標本用のガラス器に入った花を持って

くる。カリルのそばに寄り）これ、どうご覧になりますか？（腕一杯に差し出す）

カリル　あなた、こちらのほうが、お好きなの？

ポアロ　いえ、いえ、いえ！（自分の持ってきた花を投げ捨て、薔薇の花をガラス器に入れる）このほうが、はるかに――（盆を騒々しく持ち去ろうとしているマーゴットに向かい）静かに、マーゴット、お静かに！（薔薇の花を入れたガラス器をテーブルの中央に置く）

カリル　ジェームズが、あの事件について、なにか進展はないかと知りたがっていたものですから、それでお伺いしたの。あなたは殺人者を発見することができると、お考えなんでしょう？

（ポアロ、うなずく）

カリル　マーゴットが、あなたは必ず発見なさると言っていたわ。そうね、マーゴット。

（マーゴット、左奥手でうなずく。ポアロ、微笑して、マーゴットに下がるようにと手を振る）

（右奥手に、ノックの音がする）

（マーゴット、右手のドアのほうに進む。ポアロ、彼女を追い出す）

ポアロ　Qui est la？（どなた様で？）（カリルの手にキスをする）

シェパード医師　（上手より登場。両人の様子を見て笑い、カリルに向かい）おや、カリルかい？　フランスのお方には、気をつけたほうがいいよ。

カリル　馬鹿なこと言わないで、ジェームズ。

ポアロ　先生のおっしゃることは本当でございますよ。（カリルのほうを指さし）そうですよ、お気をつけなさいまし！

（マーゴット、右手より登場、デイヴィス警部、それにつづく）

マーゴット　（ポアロに向かい）警察の方でございます。（警部のほうに振り向いて）旦那様はこちらにおいでございます。

（マーゴット、上手より退場）

ポアロ　やあ、これは、警部殿。

デイヴィス警部　おはよう、ムッシュー・ポアロ、おはよう、先生。おはよう、カリルさん。（帽子を右手の机の上に置く）

（カリル、出て行こうとする）

ポアロ　（カリルに向かい）いや、いや、駄目です、カリル嬢。ここへお残りください。

（ポアロ、椅子を引き出す。カリル、テーブル奥手中央の椅子に腰を掛ける）

ポアロ　（警部のほうに向き）さあ、こちらへどうぞ、お座りください。

（警部、右手に腰を掛ける、ポアロ立ったままで）

ポアロ　リヴァプールからお帰りになるのをお待ちしておりました。（両手をすり合わせ、吉報でも待ち構えている様子）なにか、よい報せでもあるのですか？

デイヴィス警部　（ポアロの言葉を遮るように）いや、（元気なく）吉報はありませんよ。

ポアロ　おや、それは、よろしくない！

デイヴィス警部　ですが、ペイトン大尉の人相書は、イングランド中の港や駅に配布してあります。──彼のロンドンの部屋にも、普段行きつけの場所にも、常時、監視をつけてあります。あらゆる場所で、警官が警戒しているわけです。われわれの知っている限りでは、彼は荷物を所持していないし、金もないはずです。必ず捕まりますよ。

ポアロ　そう、それはよろしい。

デイヴィス警部　ムッシュー・ポアロ、あなたのほうも、まだ、彼の行方は摑んでいないように見受けられるが？

ポアロ　（思慮深く、ひとつひとつの言葉の重みを量るかのように）ちょっとした考えは持っておりますが、まだ、言明できる段階には達しておりません。──申し上げてみても、たいした意味はないと受け取られかねない、ちょっとした断片的なことです。──これだけでは、パズルは解けません。

デイヴィス警部　それはそうと、ムッシュー・ポアロ、例の指紋ですが、あなたの言われたとおり、ロジャー卿のものでしたよ。

カリル　それ、ごらんなさい、ジェームズ！　ムッシュー・ポアロ、あなたは素晴らしいわ。

（ポアロ、テーブル左側の椅子に腰を掛ける）

シェパード医師　ほんとにすごいね。（窓の前方左手の椅子――これは自分で壁際から引き出したもの――に座る）

デイヴィス警部　まるで、泥沼に足を取られたようなものだ。なにもかも、わけがわからん。

ポアロ　（明るく）Voyez-vous（では、お見せしましょう）、わたくしのパズルの一片をお見せしましょう。（立ち上がって、右手机の前に進み、紙片を取り出して戻る）お聞きください。（座って、読む）「警察当局は、去る金曜日に悲劇的な死を遂げたファーンリイ・パークのロジャー・アクロイド卿の養子ラルフ・ペイトン大尉の行方を捜索中であったが、同人はアメリカへの逃亡目的でリヴァプールに潜伏中のところを逮捕された」

シェパード医師　なんですって？

カリル　あら！

デイヴィス警部　（ポアロを見つめ、呆然として）えっ！

シェパード医師　（早口に）しかし、彼はリヴァプールには、いなかったんでしょう？

ポアロ　おお、あなたは、すぐに気づかれた。そう、彼はリヴァプールには、おりません。

デイヴィス警部　（驚いたような口調で）そのことは、わたしがいま、言ったばかりではありませんか――

ポアロ　Mais oui, mais oui！（はい、さようで！）　そのように聞きました。わたくしは、ありがたいことに、耳が遠いわけでも、頭が悪いわけでも、ございません！　しかし、あなたは、間違った――　ええと、間違った出発点から、問題に近づこうとしているのです。

デイヴィス警部　どうして、そんなことを言われるのか、さっぱりわかりませんな。（シェパード医師、驚いたようにポアロを見つめる。警部、ポアロの手にある紙片を指し）それは、事実に反しています！

ポアロ　警部殿、それを知っているのは、あなたとわたくし、それに名医の先生と魅力的なカリル嬢だけです――新聞社はなにも知らないのです。

シェパード医師　（驚いて）　デイヴィス警部に頼んで、それを新聞に載せようというわけですか？

ポアロ　（力を込めて）　さようです。

デイヴィス警部　そんなことを言われても、責任は持てませんよ。

ポアロ　あ、いや――責任は、わたくしが負います。誓って申し上げますが、ただの一瞬たりとも、あなたに責任を負わせるようなことはいたしません。

デイヴィス警部　（明らかに、ためらいながら）　こんなことをして――あなたが、この後、なにを期待されているのか、わたしには、さっぱりわかりません。

ポアロ　（真剣に力強く）　友よ、明言しておきますがね――明日の朝刊にこの記事が掲載されれば、大変面白い結果が得られるのです。それは、絶対、確実なことなのですよ。

デイヴィス警部　（不服そうに）　あまり気が進みませんが、あなたが、それほどまでに言うのなら、やってみましょうか。（立ち上がり、性急に）　ですが、忘れんでほしい。すべての責任は、あなたが負われるのですぞ。

ポアロ　先ほど、お誓い申し上げた通りです。これ以上の確言は必要ないでしょう。

デイヴィス警部　（紙片をポケットに入れ）　これを地方新聞に載せれば、よろしいのですね？　（シェパード医師、立ち上がり、中央テーブルのほうへ行く）

ポアロ　Certainement！（ぜひ！）　その通り！

デイヴィス警部　（机の上の帽子を取り上げ、ドアのところへ行き）　よろしい。（鼻を鳴らし苦笑する）「毒を喰らわば皿まで」という諺《ことわざ》もありますからね。さようなら。（上手ドアより退場）

（ポアロ、部屋を横切り、警部の背中に声をかける）

ポアロ　警部殿、どうぞ、ご心配なく！　あなたがなさろうとしていることは、まったく正しいのですから。

シェパード医師　（左手テーブルの椅子に座っている。ポアロ、右手テーブルのところに戻る）　わたしが、よほど間が抜けているのか、正直、あなたの、なさっていることが、さっぱりわかりません。

ポアロ　あなたの、小さな灰色の脳細胞を働かさなければ、いけませんね。（意外だという風に）　すべては明瞭この上なし、なのですから。

シェパード医師　（当惑したように）　あなたは「明瞭この上なし」と言われるが、わたしには、まったく「五里霧中」ですよ。

ポアロ　友よ、わたくしは、なにも隠してはおりません。――ただ、物事には、ひとによって、それぞれの解釈があるということです。

シェパード医師　よろしい、では、事実の解釈をいたしましょう。まず、われわれには、たったひとつ、明白な事実があります。それは、ロジャー卿は、十時十五分過ぎには死亡しており、十時十五分前には、まだ生きていた、ということです。この点だけは、あなたも、認められるでしょうね？

ポアロ　わたくしは、はっきりした証拠を摑まぬうちは、何事も認めません。

シェパード医師　しかし、われわれは、証拠を持っているではありませんか。フローラ・アクロイド嬢の証言が、それですよ。

ポアロ　伯父様に「おやすみなさい」を言ったというアレですか？　わたくしは、日頃から、若い女性の言うことには、あまり信をおかないものでしてね――駄目です。（頭を振って）　たとえ、どんなに魅力的で美しい方であっても。

カリル　（立ち上がって）　ちょっと、フローラを疑うようなお話は、わたし聞きたくありません。あなた方が男同士で、そんな醜聞めいた話しかすることがないのなら、――わたし、帰って家事でもいたします。（左手の窓のほうへ行く）

ポアロ　（立ち上がり、窓のほうへ行く）　おお、カリル嬢、お許しください。（彼女の手にキスをする）

（カリル、下手より退場）

（ポアロ、窓のところに立ち、投げキスをする）

シェパード医師　妹に妙な真似をなさいますね。

（ポアロ、満面の笑みを浮かべ、なにか楽しそうにして中央に戻る）

シェパード医師　われわれはアクロイド嬢の話をしているんですよ、ポアロ、気を逸らさんでほしいな。

(ポアロ、中央奥手のテーブルに戻り、依然として微笑んでいる)

シェパード医師 パーカーが、彼女が書斎のドアから出てくるのを目撃していますね。

ポアロ (まったく口調を変えて、彼の声は鋭く響く) 違います! パーカーは見てはおりません! そのことは、殺人のあった夜に行ったちょっとした実験によって、ちゃんと確かめております。――しばし、お待ちを。

シェパード医師 (苛立ちながら) どうぞ、どうぞ! わたしのほうからは、格別なにもありませんから。

ポアロ (机の上の電話に近づき) よろしい! (座って受話器を取り上げ) もしもし! キングス・アボット四十三番に願います。(声を大にして) キングス・アボットの四十三番ですよ。(シェパード医師に向かい) フローラ嬢のことを庇い立てされた時のカリル嬢は、なかなか可愛らしゅうございましたね。まことに魅力的でした。C'est charmant(魅力的ですよ) 妹さんは、料理上手でございますか?

シェパード医師 忌々しいくらいね。

ポアロ (しばし、沈黙) もしもし、もしもし! ファーンリイ・パークですか? ああ、パーカーだね。こちらムッシュー・ポアロだよ。フローラお嬢様は、もう、家を出られたかね？　五分前に？　ああ、そう、ありがとう。（受話器をかけ、シェパード医師のほうに向いて）さきほど、フローラお嬢様をお呼びしておいたのですよ。もうすぐ現れるはずです。

シェパード医師　フローラが来るのですか？

ポアロ　すぐにでも。友よ、ロジャー卿の死によって、家の中の何人かが利益を得るということを、お考えになったことはありませんか？　例えば、アクロイド夫人、フローラ嬢、若きレイモンド君など――

シェパード医師　（意味を解しかねるといった風に）でも、あのレイモンド君などは、たった五百ポンドなんですよ。

ポアロ　それより少ない額のために、多くの犯罪が行われております。ただ、この事件で、ただひとり、利益を受けない人間がおります。それは、あのブラント少佐です。

シェパード医師　あなたは、ブラント少佐も、なにか隠し立てをしているとお考えか？

ポアロ　それについては、この国に諺のようなものがありますね、イギリスの男は、ただひとつのことを隠しておく――自分たちの恋を。そして、ブラント少佐について言えるのは、隠し方が下手だということです。

（右奥手にノックの音が。間合い。シェパード医師、口を開こうとする）

ポアロ　（鋭く）シッ！　（右手のドアを指し）フローラ嬢です！

シェパード医師　わたしが出たほうが、いいのかな。（立ち上がって、右手に行こうとする）

ポアロ　駄目です、いけません！

（短い間合い。上手ドア開き、マーゴット登場）

マーゴット　（ポアロに向かい）ムッシューとマダームがお見えになりました。（フローラのほうを振り返り）旦那様は、こちらです。

（フローラとブラント少佐を導き入れ、マーゴット、退場）

ポアロ　おはようございます、フローラお嬢様。（手にキスをする）

フローラ　おはよう、ムッシュー・ポアロ。おはよう、先生。

（シェパード医師、消え入るような声で「おはよう」と答える。ブラント少佐、ほとん

ど同時にうなずいて、口早に「おはよう」と言う。フローラ、神経質な様子）

ポアロ　フローラお嬢様、実は内々でお話ししたいことがあるのです。

（ブラント、ドアのほうに行こうとする）

フローラ　（過敏に）なんのことについて？（ブラントに向かって）行かないでちょうだい。（ポアロに向かって）ブラントさんにいてもらってもかまわないでしょう、いけませんか？

ポアロ　（頭を振って）どうぞご随意にしたらよろしい。ですが、わたくしは、職務上から、ぜひ、あなたに、お訊《たず》ねせねばならぬことがあるのです。それで、内々にお話をと、申し上げた次第で。おそらく、あなたも、同じお考えだと思いますが。

ブラント　フローラ嬢、たぶん、わたしはご遠慮したほうが――

フローラ　（ポアロに、きつい表情を向ける。その顔は蒼《あお》ざめている――ブラントに向かい）わたし、あなたに、どうしても、ここにいていただきたいの。――ね、どうぞ――

（ブラント、ためらう）

ブラント　ええ。ですが、彼が、なんと言うか――

フローラ　お願いです。わたし、どんなことを訊かれても、あなたに、それを聞いておいていただきたいの。

（ブラント、一歩前方に出る。フローラ、視線をシェパード医師からポアロに移す。そしてテーブルの右側の椅子のそばに佇む。ポアロ、中央テーブルの奥手）

ポアロ　（フローラにうなずいてみせ、しばし沈黙）お嬢様、この間、わたくしどもがご一緒した時、あなたに、なにもかも正直に打ち明けてほしいと申し上げました。そうでしたね？　違いますか？　――あなたは、先週の金曜日の夜、書斎には入らなかった。あなたは、伯父様に「おやすみなさい」と言わなかった。いっぽう、あなたは、寝室に至る階段のところにいた時、パーカーがやってくる音を耳にした――こうしたことを、わたくしは、遠回しにほのめかしたはずです。（優しく）さあ、ここで、あなたが口に出せないことを、代わりに言って差し上げましょう。あなたはお金を盗みました。そうでしょう？

ブラント　（鋭く）　え？　あなたが金を盗った？　（フローラのほうを向く）

フローラ　（ポアロのほうを向いて）　はい。（うなだれて）　おっしゃる通りです。わたしはお金を盗んだのです。わたしは、よくいる泥棒なんです。

ブラント　なんてこった！

フローラ　これで、おわかりになったでしょう！　本当のことが明るみに出て、かえって、気が晴れたわ――だって、そのことは、わたしにとって悪夢だったんだもの。（泣き崩れて、テーブル右手の椅子に沈み込む）

（ブラント、「フローラ」と言う）

フローラ　（テーブルの上に置いた手に顔を埋め）　あなた方は、わたしと母が、ここへ来てロジャー伯父さんと同居するようになって、どんな生活をしてきたのか、ご存知ないのよ。欲しいものばかり――それを手に入れるために、なにか悪だくみをする、――嘘をつく。ひとを騙す。――商人の請求書は溜まるいっぽう、その言い訳をしながら日々を暮らす。思い返しても、ぞっとする！　ラルフとわたしを結びつけたのも、実はお金なんです！　お金が欲しい！　わたしたちは、ふたりとも、心が弱かったんです。わたしは、ラルフの困っている立場を知り、同情しました。そして卑劣だったのです。（ブラントを見て、突然、足を踏み鳴らし）、なんで、わたしを、そんな目で見るの？　まるで、わたしの言うことが信じられないといったご様子ね。わたしは確かに泥棒をしました。ですが、いまはとにかく、真実の自分を取り戻したのです。もう、あなたが思っているような、――無邪気で純真な娘のふりをしなくてもいいのよ。わたしは、自分で自分を嫌悪します。軽蔑します。でも、ただひとつ、信じていただきたいことがあります。――もしそれが、ラルフのためになるということでしたら、わたし、本当のことを、すぐにでも、言ってしまええました。でも、そういうことをしてしまうと、かえって、ラルフの立場を悪くするだけだとも思っていました。それで、ラルフの不利にならないように、なにも言わずにいたんです。

ブラント　ラルフ、いつも、ラルフ、ラルフですね！

フローラ　（絶望的に）　あなたは、おわかりになっていないし、おわかりになろうともしないのね？　（ポアロに向かい）　ムッシュー・ポアロ、わたし、あの夜、後になってから、お金を返そうとしたんです。ところが、わたしはホールに入れなくて――ドアが閉まっていましたので。

ポアロ　そうでございます。――ドアに鍵をかけたのは、わたくしでございました。

（誰も身動きひとつしない。固唾《かたず》を呑んでいる）

フローラ (ポアロに向かい) あの夜、書斎で伯父様にお会いしませんでした。お金のことなら、ご遠慮なく、どんな処分でも受けるつもりです。どうであれ、これ以上、悪くなるようなことは、ないでしょうから! (再び泣き崩れる。それから、ようやく立ち上がり、テーブルの右隅前方に移る。シェパード医師、フローラに近づき、「フローラ嬢」と声をかけ、左腕で彼女を抱え、援けながら、下手窓から庭に出る)

ブラント (テーブルの奥手から、中央左手に進み、振り向いて) ムッシュー・ポアロ、フローラ嬢は、一ペニイだって盗みはしなかったのです。あのひとは、ラルフ・ペイトンを庇うなどという無謀な考えから、虚偽の自白をしたんですよ! 実を言うと、あの金は、ある目的のために、わたしが、ロジャー卿からいただいたものなのです。そのことについては、わたしは、いつでも証人台に立つ覚悟でおります。

ポアロ 少佐殿、わたくしは、あなたの思い付きには、騙されませんよ。フローラ嬢が、お金を盗んだことは、間違いない事実です。ですが、あなたは、なかなか、お上手に、話を創られた。フローラ嬢を庇おうというお気持ちは、立派です。——伺っていて嬉しく感じましたよ。

ブラント (冷ややかに) わたしは、あなたのご意見には、まったく、興味は持てませんね。(窓のほうに行こうとする)

ポアロ　それは、そうでしょう。しかしながら、――（断言するような口調に、ブラント、思わず耳を傾ける）わたくしには、あなたが、お隠しになっていることが、よく、わかっております。――あなたは、フローラ嬢を愛していらっしゃる！

（ブラント、立ち止まる）

ブラント　（戻ってきて憤然と）なんということを言われる。あなたは、どうかしている！（再び、左手から立ち去ろうとする）

ポアロ　（固執するように）そうですとも！　あなたは世界中に、そのことを隠そうとなさっている。それも結構ですが、ポアロの忠告もお聞きください。――そのことを、フローラ嬢だけには、お隠しにならないほうが、よろしいかと。

（ブラント、そわそわして、中央奥手に移る。ポアロの最後の一言に気を惹かれ、思わず立ち止まる）

ブラント　それは、どういう意味です？

ポアロ　（中央に腰を掛け）あなたは、フローラ嬢がペイトン大尉を愛しているとお考えでしょう――しかし、それは違います。フローラ嬢は、伯父様と――それからお母様の意を汲《く》んで、婚約をしたのです。もちろん、おふたりの間には、お互いの同情も理解もありましたでしょう。――しかし、恋愛は、ないのです！（断言するように）フローラ嬢が愛しているのは、ペイトン大尉ではありません。

ブラント　どうして、そんなことを、ご存知なんです？（テーブルの左端に進む）

ポアロ　あなたは、盲目でいらっしゃるようだ、少佐殿！　フローラ嬢――あの可愛らしいイギリスのお嬢さんは、信義を重んじているのです。いま、ペイトン大尉は殺人の嫌疑をかけられています。彼女の正義感からすれば、どうしたって、ペイトン大尉の味方をせねばならないのです。しかし、だからと言って、フローラ嬢がペイトン大尉を愛しているということには、必ずしもならないのです。

ブラント　（口ごもりながら）で、では、あなたは、ほ、本当にそう――

ポアロ　お疑いになるなら、少佐殿、あなたご自身で、お聞きになったら、よろしいでしょう。ですが、あんなお金の一件がありましたから、――あなたには、もう、そんなお気持ちにはなれないとでも――

ブラント　あんなこと、気にしているもんですか！　ロジャー卿は、日頃から、ことお金のこととなると、ひどい吝嗇漢《りんしょくかん》になってしまうのです。フローラ嬢は、あんなに不自由な思いをしても、それを伯父さんに告げることができなかったのです。可哀想に！　お気の毒な話です！

（ブラント、部屋を横切って、右奥手に移る）

ポアロ　（窓越しに、シェパード医師に呼びかける）　先生、フローラ嬢は、まだ庭に、おいでですか？

シェパード医師　（下手奥より声のみ）　いますよ。（ゆっくり、窓から姿を現し、そこに立ち止まる）

ポアロ　（ブラントに向かい）　フローラ嬢は、いま、独りで庭に、おいでですよ。

ブラント　（ポアロの手を力を込めて握り）　ムッシュー・ポアロ、あなたは、申し分のない同志だ。

ポアロ　（痛そうにして、手を引っ込める）　いや、あなたも話のわかる方ですよ。

（シェパード医師、この光景を見て苦笑する。ブラント、腹立たし気にシェパードを睨む。シェパード、また笑う。ブラント、右手に歩み、帽子を取り、テーブル前方を横切る）

ブラント　わたしは、あらゆる意味で馬鹿者でした。（下手より庭に出て、退場）

ポアロ　（柔和に）　あらゆる意味での馬鹿者ではない。たった一種類——恋の虜《とりこ》となった大馬鹿者です。

シェパード医師　（テーブル左手に進み、もの思わし気に）　フローラ嬢と金の話のお陰で、なにもかもが、ひっくり返されてしまいましたね。もう一度、初めからやり直しだ。九時三十分から後、——そうだ、九時三十分が問題であって、十時十五分前ではない——九時三十分から後、家の中の者がなにをしていたか、調べ直さなければならない。みんなのアリバイは、まったく価値のないものになってしまった。すっかりね！　ムッシュー・ポアロ、あなたは、このことが、わかっておられましたか？

ポアロ　そうですね。おお、そうです！　わたくしは、かなり前から、気づいておりました！

シェパード医師　（左手の椅子に腰を掛け、力を込めて）　わたしには、あなたが考えておられることが、わかりますよ。あなたは、事件をラルフ・ペイトンのほうへと、引っ張っていこうとしている。しかし、わたしは決して信じない——

（ポアロ、なにか言おうとする）

シェパード医師　あなたが、言おうとしていることも、わかっていますよ。ラルフ・ペイトンは、義父の死によって、巨万の富を相続する――ということでしょう？

ポアロ　それも動機のひとつでしょう。だが、動機は、三つあります！

シェパード医師　三つ！

ポアロ　ペイトン大尉とフローラ嬢の間の婚約には、厄介な問題があった――これがふたつ目の動機。それから、例の恐喝の問題もあった――これが三つ目の動機です。ラルフ・ペイトンがフェラーズ夫人を恐喝していたと想像してごらんなさい。彼に浪費癖があったことも、忘れないでください。――彼は、自分が欲しいだけの金を、ロジャー卿から、出してもらうことは、まだできなかったのですぞ。

シェパード医師　なんですって！　そんな！　それでは、彼の立場は、まるで不利になるではありませんか？

（カリル、急ぎ下手の開いた窓から登場。ポアロ、機嫌よく）

ポアロ　カリル嬢！

カリル　ごめんなさい、また、やって来ましたよ、ムッシュー・ポアロ。ジェームズ、怪我人の患者さんが来ているの。

（シェパード医師、忌々しそうな声をあげる）

シェパード医師　なんだというんだ？

カリル　農場から来た子供が、なにかに手を挟んで怪我をしたんですって。

シェパード医師　馬鹿者が！　まだ機械なんかを、いじれる歳じゃないだろうに！

（下手より退場）

（カリル、シェパード医師の後を追って退場しようとするも、ポアロに引き留められる）

ポアロ　カリル嬢――

（カリル、窓のところで立ち止まり、ポアロのほうを振り返る）

ポアロ　少々、お知恵を拝借したいのですが。

（カリル、テーブルの左端に進み、テーブルの上に腰を掛ける。ポアロ、前方に進み、

テーブルの前方に立つ）

ポアロ　実を申しますと、わたくしには、ひとり姪がおるのですが、ここのところが（頭を指さす）、ちょっと、普通ではないのです。ほかに危害を加えたりすることはないのですが、頭が足りないというか――脳に少し障害があるのです。それで、一緒に住むのも難しいと家族も考え始めておりまして、なにか医療面でも面倒を見てくれるところ――精神科病院のようなところへ入れるのは、わたくしも嫌なのですが――どこか、ここから近いところで、医療面でも対応できる施設――療養所のようなところがないものかと――

カリル　ああ、そういうことなら、恰好のところを知っております。――ここから、だいたい十マイルぐらいのところにある施設――兄が、患者さんを送ることがあるので覚えておりますの。看護師長さんの名前は、確か、メイスンさんです。――それから、その療養所の名前は、《ウィロース》といいます。場所は、クランチェスターというところです。

ポアロ　（手帳を取り出して、書きつける）ミス・メイスン――《ウィロース》――場所は、クラ・ン・チェ・スター――きょう、すぐにでも、行ってみることにしましょう。カリル嬢、あなたは、実に物覚えがいい方だ。

カリル　(依然として、テーブルに腰を掛けながら笑う)　そんなことありませんよ。――でも、そうかもしれませんね。(自信ありげに)　だって、少なくとも、兄に比べたら――兄はいつも、物忘れをしては、わたしに訊くんですもの。

ポアロ　(カリルの近くに立ち)　なるほど、さようでしたか！　でも、あなたが物覚えがいいのは、お兄さんより、だいぶ、歳下だからなんでしょうか？

カリル　十二歳違います。

ポアロ　でも、あなたがお若いからだとは限りませんよ。やはりあなたは生来、物覚えがいいんでしょう。

カリル　そうかもしれませんね。ともかく、わたしが、そばで気をつけていませんと、兄は、物忘れで、なにをしでかすか、わかったものではありません。

ポアロ　そうでしょうね！　それでは、ご座興に、ちょっと、あなたの記憶力を、試させていただきましょうか？

カリル　(明るく)　いいですよ。なんのことでしょう？

ポアロ　あの犯行のあった日、ファーンリイ・パークから誰か、お兄さんの診療所を訪れてこられた者はおりませんか？

カリル　いいえ、ありませんでした。――確か、誰もね――

ポアロ　わたくしは、あの邸宅の、奉公人全員も含めて、伺っておるのですが。

カリル　誰もいらっしゃいませんでした。

ポアロ　よくお考えになって、思い出していただきたいのです——五日前のことですよ。

カリル　確かに間違いありません。居間の窓から、診療所に来る人は、全部見えるんですから。それに、ファーンリイ・パークの人たちが、診療所に来るなどということはあり得ませんの。——なにかあれば、いつもこちらから、往診に出向くことになっておりますので。

ポアロ　（驚いたように）では、その日、ファーンリイ・パーク以外で、診療所を訪ねてこられた患者さんのことは、全員、覚えていらっしゃいます？

カリル　ええ、覚えていますとも！　あの日のことは、特別はっきり覚えています——だってフェラーズ夫人が死んでいるのを知った日のことですもの。

ポアロ　（柔和に）では、どんな患者さんが来ましたか？

カリル　ええ、みんな村のひとでした。お年寄りのベネット夫人、ドリー・グライスさん、（指折り、ひとりひとり数え上げながら）——この方は、アメリカの船員のジャック・パースンというひとと、一緒でした。

ポアロ　なんですって《パルドン》？

カリル　アメリカの大きな汽船の船室係だそうで、ちょうどあの日に上陸したのだとか。

ポアロ　（優しく励ますように）アメリカ人ですか。その男は、この村でなにをしていたのでしょうね？

カリル　ドリー・グライスと一緒に村をうろうろしていたようです。

ポアロ　その男の乗っていたのは、なんという船でした？

カリル　確か《バルチック号》と言っていました。

ポアロ　《バルチック号》──ああ、《ホワイト・スター社》の船舶でしたね。──その船はリヴァプールから出航する船ですよ。（中央テーブルから『タイムズ』を取り上げ）船便──船便と──うん、土曜日の出港でしたね。

カリル　土曜日？　ええ、十九日でした。

ポアロ　「バルチック号──土曜日、十九日──リヴァプール発、ニューヨーク行き」（右手机のほうに進み、帽子を取り、彼女のそばに戻る）失礼いたします。カリル嬢、急に忙しくなりました。まず、ニューヨークの友人のところに、無電を打たねばなりません。（カリルを下手奥のほうに導く）

（カリル、退場）

ポアロ　（呼ぶ）マーゴット──マーゴットや！

（マーゴット、足早に上手ドアより登場、ドアは開いたまま。このドアは閉まらないように仕掛けをしておく。ポアロが急ぎ飛び出すための便宜として）

ポアロ　Je ne dejune pas a la maison anjourd'hui.（きょうは家を空けるよ）

マーゴット　Comment ?（なんでございます？）

ポアロ　Je ne dejeune pas a la maison aujund'hui.（きょうは、家にいないからね）

マーゴット　Ou allezvous alors ?（どちらへいらっしゃるんですか？）

ポアロ　Maison de Sante.（療養所に行くんだよ）

マーゴット　Comment ?（なんですって？）

ポアロ　手っ取り早く言えば、精神病院だ。（帽子を押しつけるように被り、マーゴットとすれ違いに上手ドアに突進する。何か言っている声が戸外に遠ざかる）

——幕——

第二場

場面——第一場と同じく。ポアロの書斎
時刻——第一場の翌日の夜、夕食の後

開幕

ポアロ、シェパード医師、カリル、テーブルのところへ腰を掛けている。ポアロ、中央、シェパード医師、左側、カリル、右側。テーブルの上には、コーヒーのカップが三個、ブランデーの壜と三個のグラスが置いてある。

ポアロ、シェパード医師にブランデーを、もう一杯と勧めている。

シェパード医師　ありがとう。いただきます。ご辞退はできませんよ。こんないい酒は、キングス・アボット村では手に入りませんからな。

マーゴット　（上手より登場――カリルに向かい）失礼いたします《パルドン》。お嬢様《マドモワゼル》、お宅の料理番が、ご婦人を連れて、お目にかかりたいと、いらっしゃいました。

シェパード医師　（カリルに向かって）いったい、誰なんだい？

カリル　わたしも知らないわ。妙だわね！　（立ち上がって）すぐ戻って参ります。ちょっと、失礼。（上手より退場）

ポアロ　（マーゴットに向かい）パーカーが――ファーンリイ・パークの執事なのだが、彼がやって来たら、ベルを鳴らして呼ぶまで、台所で待たせておいてくれ。

（マーゴット、うなずいて、下手より退場）

ポアロ　（シェパード医師に向かい）忘れておりましたが、わたくしはパーカーにも、ここへ来るように、言っておいたのです。（不意に）ところで、先生にお願いしておきましたが、アクロイド夫人には、確かに、お伝えくださったでしょうね？　今夜九時に、わたくしの家で、小集会を開きますから、ぜひ、みなさん、お誘いのうえ、ご出席願いたい――ということをですよ。

シェパード医師　ええ、確かに、あなたの言われたとおりに伝えておきました。ですが、アクロイド夫人は、どうも、ここへ来るのが、気が進まないご様子でしたよ。なんの

理由があって呼ばれるのか、わからないと言うんですよ。——ですから、

ポアロ　（遮るように）そう、そう、そんなことでしょうから、先生にお言伝を託したのですよ。なぜだとか、なんのためとか、いろいろ反発されるに違いないんです。ところが、わたくしは、その時が来るまで、自分の考えを、詳《つまび》らかにするのは、好まないものでして。

シェパード医師　わたしは、わたしなりに、努力を尽くしましたよ。アクロイド夫人は、とにかく一応は、やって来ると約束してくれましたが、果たして必ずやって来るかどうかは保証できかねますよ。なにしろ、この頃は、みんな、あなたを怖がっていますからね。

ポアロ　（満足そうに）ああ、怖がっているなら、必ずやって来るでしょうよ。

（上手ドアが開き、カリル登場）

カリル　（呼ぶ）ボーン、お入りなさい。大丈夫ですよ。さあ、お入り。心配することはないわよ。

（ボーン、右手より登場）

カリル　ボーンですわ。

ポアロ　（手を伸ばして、前に進みながら、優しく）　いいや、それは違います。ボーンではありません。アーシュラ・ペイトン、つまり、ラルフ・ペイトン夫人でございます。

（シェパード医師、カリル、驚いて、互いに顔を見合わせる。――アーシュラ・ペイトン、中央テーブルの右手椅子に身を投げかけ、泣き崩れる）

シェパード医師　なんですって？

アーシュラ　（顔をあげて涙を拭くが、なおも泣きながら）　わたくし、馬鹿でございました。（立ち上がる）

ポアロ　（優しく）　いや、いや、そんなことはありません、さ、どうぞ――

（アーシュラ、座る）

ポアロ　この一週間、あなたがどんなに気を張り詰められていたか、わたくしどもには、よくわかっていますよ。

アーシュラ　（ポアロに向かい）どうして、ご存知でしたの？（泣きながら）ラルフが、お話しになったの？

ポアロ　（中央椅子を前方に持ち出して座る）物事を調べるのは、わたくしの仕事でございます——真実を探し出すことです。

アーシュラ　あなたは、わたくしが、なんのために、今夜、ここへ伺ったのか、もうご承知でしょうね。（もみくちゃにした新聞の切れ端を差し出す）これでございます。この新聞記事のためなのでございます！　新聞には、ラルフはリヴァプールで逮捕されたと書いてあります。

ポアロ　（シェパード医師に、新聞の切れ端を渡す。——短い間合い）それで？

（アーシュラ、ためらう。シェパード医師、新聞記事を読む。カリル、新聞を受けとろうとして手を差し出す）

ポアロ　（優しく）あなたは、わたくしを信用なさらないのですか？　あなたは、わざわざここへ、わたくしを探しにいらしたのですね？　——それは、なんのためですか？

アーシュラ　ムッシュー・ポアロ。ラルフは、絶対に、あんな恐ろしいことはしません。わたくしは、あなたが、大変聡明な方で、本当のことを探り出していただけると信じ

ておりましたから――それに――（言いよどむ）

ポアロ　――それに？

アーシュラ　それに、あなたは、大変親切な方だとも思っております。

ポアロ　（アーシュラの手を取り、軽く叩きながら）ありがとう、アーシュラさん。ですがね、もし、彼を救いたいのなら、わたくしは、知るべきことは、すべて知らねばならないのです。まず、伺いますが、あなたは、なんで小間使いになったのですか？

アーシュラ　生活のためです。わたくしの父が亡くなりました時、家の中は無一文でした。それで、どうしても自活しなければならなかったのですが、どうしたらよいものやら途方に暮れました。そんな中、わたくしは、ファーンリイ・パークでラルフと出逢い、お互いに愛し合う仲になり、秘密裡に結婚したのです。その後、間もなく、ロジャー卿が、ご自分の姪御さんとラルフの婚約を発表なされました。わたくしは、それを聞いて、すっかり気が動転してしまいました。すぐに旦那様にお会いして、ラルフとわたくしとが、すでに結婚していることを申し上げました、すると、旦那様はひどくご立腹なさって、わたくしに出て行けとおっしゃいました――わたくしがずる賢く画策して、ラルフの相続する財産目当てで、あのひとを籠絡《ろうらく》したなどと、口汚く罵られました。それで、ラルフに電報を打って、ここへやって来て、わたくしに逢ってくれるように頼んだのでございます。

ポアロ　それで、東屋でお逢いになったのですね！（力を込めて）よろしいですか、わたくしは知っております——あなたは、あそこの枝編み細工の椅子で、エプロンを破きましたね。

アーシュラ　（疲れたように）そうでございました。

ポアロ　彼とお逢いになったのは何時でした？

アーシュラ　九時半でございました。

ポアロ　それで、彼と別れたのは何時頃でした？　慎重によく考えてお答えいただきたい！

アーシュラ　そのことについては、繰り返し、繰り返し、考えております！　彼は、わたくしがロジャー卿に話したことを、ひどく怒っておりました。——フローラお嬢様との婚約はただの時間稼ぎだ。その間に、ロジャー卿に自分の借金をすっかり片付けてもらって、そのうえで、自分がなにがしかのお金を手に入れれば、お前を呼び寄せ、お義父さんに打ち明けるつもりだった——と、彼は言うのです。それを聞いて、わたくしも思わず、かっとしてしまって、随分ひどいことを彼に言ってしまいました。そんなわけで、わたくしと彼とは十分も話していなかったと思います。——それは、間違いございません。——わたくしが、自分の部屋に戻りましたのは、十時十五分前でございましたから。

ポアロ　彼は東屋に残してきたのですね？

アーシュラ　ええ。（急に、はっとして）ムッシュー・ポアロ、あなたは、まさか——

ポアロ　マダーム、わたくしが、どのように考えようとも、事実を曲げることはできないのです——あなたは、どのくらいの間、部屋においででしたか？

アーシュラ　十時までおりました。

ポアロ　誰か、それを裏付けられる方がおりますか？

アーシュラ　わたくしが自分の部屋にいたことを、ですか？　いいえ！（立ち上がる）ですが、確かに——（恐怖の念にうたれた様子）——ああ、そうなると、わたくしが——わたくしが、あの——

ポアロ　あなたが、窓から入って、ロジャー卿を刺したという嫌疑がかけられるのを恐れているのですか？

アーシュラ　（右手に向きを変え、身を震わせながら）恐ろしい！　恐ろしいことです！

カリル　（テーブルの奥手、アーシュラに近寄り）よほどでなけりゃ、そんな馬鹿なことを考えるひとはいませんよ。（アーシュラ、戻って、テーブルの右側に腰を掛ける。カリル、新聞の切れ端をアーシュラに渡す）ラルフのことですけど——自分だけ逃げ隠れして、あなたに、こんな苦しい思いをさせるなんて、——随分な話ですね。ひどいと思います。

アーシュラ あのひとが、初めから出てきて、自分の身の証を立ててくれたら、どんなによかったか。あのひとは、シェパード先生を、たいそう好きなんですから。（シェパード医師のほうを向き）――先生なら、たぶん、あのひとの隠れている場所をご存知だと、思っておりましたが。

シェパード医師 わたしが、ですか？

カリル ジェームズが知っているはずないじゃありませんか！

アーシュラ （興奮して） それは、わたくしにも、わかりません！ でも、ラルフは、いつも先生の話をしておりましたから。ですから、キングス・アボット村で、いちばん彼と仲がいいのは、先生だと思ったんです。

シェパード医師 いま、ラルフ君がどこにいるのか、本当のところ、わたしにも、皆目、見当がつかないのですよ。

ポアロ （静かに） わたくしは、よく、存じ上げております。

アーシュラ （驚いて新聞の切れ端を差し出し――急いで立ち上がる） でも、――新聞には――ラルフはリヴァプールで逮捕された、と載っているじゃありませんか！

ポアロ （軽蔑するように） そういう風に載ってはおりますね。ですが、マダーム、その記事は、でたらめなんです。新聞は、なにか書かなければならなかった、というだけのことなんですよ。

アーシュラ （いぶかるように） でも――

ポアロ いや、問題ありませんよ。わたくしを信用なさい。今夜九時に――ここで、ささやかな集まりがあります。その席には、ぜひ、あなたにも、出ていただかなければなりません。

アーシュラ わたくしは、ファーンリイ・パークに帰らねばなりません。

カリル ペイトン夫人、あなたは、今夜、ファーンリイに戻ることはできなくてよ。

シェパード医師 その通りだよ。なぜ、今夜、わたしたちと一緒に、ここに残れないんだい？

ポアロ そう、そうですよ！

アーシュラ わたくし、帰るほかないのです。

カリル なんと言っても、あなたは、ここにいなければならないのよ。（アーシュラにキスをする） さあ、わたしの家に、あなたの部屋を用意してきますから。

アーシュラ なんて、ご親切な……。

カリル （部屋を横切って、左手窓のほうに向いてから、一歩立ち戻って、ポアロに向かい） みなさんが、散会された頃に、また伺ってもよろしいでしょうか？

ポアロ ええ、もちろん、結構ですとも。

（カリル、下手フランス扉から退場）

（右手ドアにノックの音。ポアロ、なにかアーシュラに耳うちする。アーシュラ立ち上がる。ポアロ、彼女を中央奥手の温室に案内する。シェパード医師、いままで座っていたテーブル左側の椅子から立ち上がる）

（上手ドア開く。マーゴットが、アクロイド夫人、フローラ、ブラント、レイモンドを案内して現れる。ポアロ、中央前方に移る――マーゴット退場）

ポアロ　やあ、マダーム・アクロイド。（テーブル右手の椅子を示す）フローラ嬢。（テーブル中央の左側の椅子を示す）ブラント少佐。（右奥手の椅子を示す。ブラント、自分で、椅子を前方に運ぶ）ムッシュー・レイモンド。（机のそばの椅子を示す。シェパード医師は、中央テーブルの左手の椅子に腰を下ろす）――（ポアロ以外の者が、全員腰を掛ける）

レイモンド　ムッシュー・ポアロ、いったいなにが始まるんですか？　なにか、特別の科学機器でもあるんですか？　わたしたちの手に紐でも巻き付けて、心臓の鼓動を計測して、それで有罪の登録でもできるような機械でもあるというんですか？

ポアロ　そういう機械のことは、なにかで読んだことがありますがね――ええ。でも、わたくしのやり方は、もっとずっと、旧式な方法なのでございますよ。――わたくしは、この小さな灰色の脳細胞を働かせるだけのことなのです。（自分の額を叩く）なにはともあれ、わたくしには、まず、お披露目することが、ございまして――（中央奥手に進み、アーシュラを連れ出してくる）

（レイモンド、ブラント、立ち上がる。ポアロ、自分の椅子を中央からテーブルの右手に運び、アーシュラを座らせ、自分のために、ほかの椅子を用意する。ポアロ以外の者、再び腰を下ろす）

ポアロ　このご婦人は、ラルフ・ペイトン夫人です。彼女は、去る三月にペイトン大尉と結婚したのです。

（アーシュラ、恥ずかしそうな面持ち）

フローラ　（アーシュラに向かい、その腕に自分の手を載せて）　わたし、夢にも想わなかった。あなたとラルフは、よく秘密を守ったのね。わたし、――とっても、嬉しいわ。

アーシュラ　（テーブル奥手右側に座り）　お嬢様は、とても、寛大な方です。ラルフは、すごく悪いことをいたしましたのに、――特に、あなたには。

フローラ　ご心配なく。だけど、始めから秘密を打ち明けてくれていたら、もっと事はうまく運んで、彼を困らせることにもならなかったろうに、とは思うけどね。（アーシュラのほうに、身体を乗り出し）　ボーン（笑って、言い直す）、ごめんなさい、ペイトン夫人、ひとつだけ聞かせてもらいたいのだけれど、ラルフはどこにいるの？　それを知っているのは、あなたのほかにいないでしょうに！

レイモンド　新聞には、リヴァプールで捕まったと、載っているじゃないか。

ポアロ　（きっぱりと）　リヴァプールには、おりませんよ。

シェパード医師　実際の話、どこにいるのか、誰も知らんだろう。

レイモンド　（冷やかすように）　ムッシュー・ポアロを除いては、ね。

ポアロ　わたくしは、なにもかも知っております。それだけは、覚えておいてください。

レイモンド　なにもかもだって？　（口笛を吹く）　ヒュー！　これはまた、大きく出ましたな。（疑わし気に）　つまり、ラルフがどこにいるのか、言い当てることができると言われるのですか？

ポアロ　「言い当てる」とおっしゃるのは、ご自由ですが、わたくしは、「知っている」と申しているのです。――アクロイド夫人、フローラ嬢、ブラント少佐、ムッシュー・

レイモンド――

（上手ドア開き、マーゴット、パーカーを導き入れる）

ポアロ　ああ、それから、パーカー。

アクロイド夫人　いったい、これは、どういうことなの？

ポアロ　ここにお集まりのみなさんは、どなたも、ロジャー卿を殺害する機会を持っておられた。ごく手短に、要点だけを、かいつまんで申し上げましょう。まず、シェパード先生から伺い、パーカーによって確認されたこと――先生がアクロイド邸を辞去されたのは、九時十分前であったということでございます。それから、ペイトン夫人（ちらりとアーシュラのほうを見る）は、――九時半に手紙を出しにポストのところへ行き、少なくとも十時二十分前には、自分の部屋に戻り、それから十時までは自室にいた――と証言されました。この点については、確証がありませんでした。ところが、わたくしは、あの東屋の中で、エプロンの切れ端を発見しました。ここで、疑問が湧いてきました――この切れ端は、ペイトン夫人のものではあるまいか？　ペイトン夫人は誰かに逢っていたのではあるまいか？　もし、そうだとしたら、いったい誰に？　ところで、わたくしは、その後、ペイトン大尉が九時二十五分過ぎに、東屋に向かう小路を歩いて行くのを目撃されていることを、知りました。さて、そうなると、意外な角度から、あるひとつの点が明らかになってきます。――つまり、九時半に書斎の中にいて、ロジャー卿と話をしていたのは、ペイトン大尉ではなかった――そういうことはあり得ないのであります。申すまでもなく、その頃彼は、奥さんと東屋の中で逢っていたからです。そこで、わたくしは、自分自身に向かって、極めて大胆な質問をしてみたのです。――「果たしてロジャー卿と一緒にいたのは、誰なのであろうか？」――と。

レイモンド　（穏やかな口調で抗議する）　ムッシュー・ポアロ、あなたは、わたしが嘘をついていると言うのですか？　話し声を聞いたのは、わたしだけではないのですよ。――もっとも、ひとつ、ひとつ、ひとつの言葉を正確に聞き取ったわけではありませんがね。現に、ブラント少佐も、ロジャー卿が誰かと話しているのを聞いていますし、また、聞いた話の内容ははっきりしませんが、パーカーも聞いています。

ポアロ　（優しく）　わたくしは、そのことを忘れてはおりません。ですが、ブラント少佐は、ロジャー卿が話しかけていたのは、あなただったと、思っておられました。

レイモンド　（ブラントのほうを向き）　しかし、ブラント少佐は、それが間違いだったことに、気づかれましたよ。

ブラント　その通りです。

ポアロ　ですが、ブラント少佐が、当初、そう思い込まれたことについては、なにがしかの理由があったのに違いありません。

ブラント　それは、そうでしょう。ですが、わたしは——

ポアロ　（手を挙げ、相手を制しながら）　ああ、いや、結構です。あなたの、おっしゃりたい「理由」は、よくわかっております。ですが、それだけでは、十分ではありますまい。事件の当初から、わたくしは、あるひとつのことが、心に引っかかっておりました。——それは、ムッシュー・レイモンドがお聞きになった言葉の性質なのです。「近頃になって、わたしの財布への金の請求が、ますます頻繁になってきている。君の要求に応ずることは、不可能だと危惧している」——という。いかがですか？　これには、なにか妙なところがあると、お考えにはなりませんか？

レイモンド　そうは思いませんね。ロジャー卿は、いつも、そんな言葉遣いで、わたしに手紙を口述されていたのですから。

ポアロ　（勝ち誇ったように）　まさに、そこですよ！　誰かと実際に会話をしている時に、そうした言葉遣いをするものでしょうか？　それが実際の会話の一部であるなどということは、あり得べからざることです！　さて、仮に、ロジャー卿が、手紙の口述をしていたとすると——。

ブラント　誰かに、口述していたに違いありませんよ。

ポアロ　（穏やかに）　なぜですか？　われわれには、書斎に誰かがいたという証拠は、なにもないんですよ。ロジャー卿の声以外には、誰の声も聞こえなかったということも、思い出していただきたい。

レイモンド　そう言われれば、そうですね。あんな風な手紙を、筆記者なしに、自分ひとりで、大声を出して口述するなんてことは、あるはずがないですね。——酔っぱらってでもいない限り。

ポアロ　（依然として穏やかに）　みなさんは、大事なことを、ひとつ忘れていらっしゃる。先週の月曜日にアクロイド邸を訪れていた、見知らぬ人物のことです。

（一同、呆然としてポアロを見る）

ポアロ　（一同にうなずき、励ますように）　——そう、月曜のことです。その人物自身は、さして重要ではありません。しかし、その人物が代表する会社には、非常に興味を惹かれます。

レイモンド　（溜息をつきながら）　蠟管録音機《デクタフォン》の会社だ。わかったぞ！　蠟管録音機《デクタフォン》か。

ポアロ　Precisément！（その通りです！）　興味を覚えたわたくしは、その会社に照会してみたのです。そうしますと、ロジャー卿は、その代表者から蠟管録音機《デクタフォン》を一台購入した——という返事が参りました。なぜ、ロジャー卿は、そのことを、あなたに隠しておられたのでしょうね？

レイモンド　きっと、わたしを驚かそうという、おつもりだったのでしょう。ロジャー卿には、妙に子供っぽい趣味がありましてね。ひとを驚かすことが大好きだったんです。とにかく、あなたの発見は、——素晴らしいものですが、それにしても、根本的な状況には、なんら変わりはありませんね。ロジャー卿が、蠟管録音機《デクタフォン》に吹き込みをしていたのなら、九時半には、ちゃんと生きていたということになりますからね。いっぽう、ラルフ・ペイトンのほうは——

アーシュラ　（憤然として）でも、レイモンドさん、ラルフとわたくしとは、ちょうど十時十五分前に別れたのですよ。あのひとは、書斎のほうには、絶対に近づきませんでした。これは、間違いのないところです。わたくしが、旦那様に、ふたりの結婚のことを話してしまったと知ってからは、ラルフは、お義父様《とう》に会うことを、とても恐れていたんです。

レイモンド　あなたの話を疑うわけではないのです。わたしは当初から、ずっとペイトン大尉は無実だと信じつづけています。しかし、われわれは、法廷に立って訊問を受ける時のことを考えなければならないと思うんです。いまの状況では、ペイトン大尉の立場は極めて不利なんです。——ですが、もし、彼が出てくれれば——

ポアロ　（遮るように）　それが、あなたの忠告ですか？　ペイトン大尉は、出頭するべきだと？

レイモンド　そうですよ！　もし、あなたが、彼の居場所をご存知なら――

ポアロ　わたくしが知っていると申しましても、あなたには、信じられないかもしれません。ですが、わたくしは、いま申しましたね――なにもかも知っておりますと！　ペイトン大尉の隠れている場所は――

ブラント　（鋭く）　どこなんですか？

ポアロ　（立ち上がり、微笑を浮かべながら）　そんなに遠いところではは、ありませんよ、少佐殿。ペイトン大尉は、あそこにいます。（奥手の温室に進み、カーテンを開ける）

（一同、温室を凝視する。ラルフ、彼らのほうに微笑みかけながら、そこに立っている。一同の間から、混乱したざわめきが起こる。ラルフ、相変わらず微笑みを浮かべながら、中央前方に歩みを進め、シェパード医師のそばに立つ。シェパード、立ち上がって、茫然自失の表情。ポアロ、微笑して、シェパード医師に対して、非難するかのように、指を振ってみせる）

フローラ　ラルフ！

ポアロ　（シェパード医師に向かい）　わたくしに、なにかをお隠しになっても、わたくしは、必ず発見してみせる、と申し上げておいたはずですね？　（そのほかの者に向かって）　わたくしは、シェパード先生が、ペイトン大尉に会うために、犯行現場から、まっすぐに、《白馬亭《ホワイト・ホース》》に行かれたことを知りました。ところが、先生は、彼に会うことはできなかった。そこで、わたくしは、先生が、帰り道で、彼に会ったのかもしれない、と自問自答したのです。先生は大尉の友人です——そして、状況が、彼にとって、すこぶる悪くなっていることも知っておられました。いや、たぶん、ペイトン大尉のことについては、われわれより、ずっと詳しく知っておられたのかもしれません。

シェパード医師　事実、わたしは知っておりました。ここまで来たら、物事をはっきりさせておいたほうが、よいでしょう。わたしが《白馬亭《ホワイト・ホース》》に行って、ラルフが九時に外出したきり戻っていないことを知った時、——まったく、途方に暮れました。しかし、天の助けか、その後の帰り道で彼に会うことができたのです。そこで、彼に事件のことを話し、彼からは、アーシュラ・ボーンとの結婚について、聞かされました。わたしは、彼に——いや、彼でなければ彼の愛する妻に、嫌疑がかかるに違いないと、その時、思ったのです。そこで、わたしは、彼にそのことを、はっきり言ってやったのです。すると彼は、愛妻に嫌疑がかかるのを防ぐためには、どんな犠牲も払うと決意したのです。——それは、逃亡するということでした。

ラルフ　アーシュラが僕を残して家に帰ってしまったので、彼女が、もう一度、義父《ちち》に会うつもりなのではないかと思いました。義父は、あの日、アーシュラに、随分辛く当たりました。――そこで、僕はこう思いました――アーシュラがもう一度、義父に会った時、義父がまたひどい侮辱を与え、思い余ったアーシュラが、前後の見境もなく――

アーシュラ　（驚愕したように）ラルフ！

ラルフ　ごめんよ。（アーシュラの右手に移る）

ポアロ　（冷静に）さあ、もう一度、シェパード先生の不届きな行動に話を戻しましょう。先生は、ペイトン大尉を援けるために、できるだけ努力をすることを承知しました。そして、彼を警察の目から隠すことに成功したのです。

レイモンド　どこへ隠したのです？　自分の家ですか？

ポアロ　いいえ！　あなたも、わたくしと同じように、もう少し、自問自答してごらんなさい。もし、名医の先生が、大尉を匿《かくま》うとしたら、いったい、どんな場所を選んだでしょう？　まず、そんなに遠くない場所であることが必要です。ホテルでしょうか？いけません！　下宿でしょうか？　これも、いけません！　では、どこでございましょうか？　ありました――それは、療養所です。わたくしは、カリル嬢に相談を持ちかけて、そういう施設が、クランチェスターの近くにあることを知ったのです。それで、早速、そこへ行ってみたところ、案の定、ペイトン大尉が、変名で、そこにいることを発見したのです。わたくしは、ペイトン大尉に頼んで、わが家に来ていただくことにしました。――ペイトン大尉は、今朝早く、ここへ到着されたのです。

ラルフ　シェパード先生は、これまで、固く信義を守ってくださいました。ご自分の最善と思うことを、僕にしてくれたのです。しかし、僕は、いま、姿を現して、事態に直面しなければならないということが、わかったのです。ご承知のとおり、僕は療養所にいたので、事件がどんな風に進展しているのか、知らなかったのです。

ポアロ　（冷静に）シェパード先生は、慎重そのものといった行動をなさいました。しかし、わたくしは、どんな些細な秘密でも暴き立てるのです。それが、わたくしの仕事なのです。

レイモンド　われわれは、みんな、頭が鈍かったわけですね。ところで、ラルフ、君のその夜の行動について、話してくれないか？

ラルフ　あなた方が知っている事実に付け加えることは、ほとんど、ありませんよ。僕は、十時十分前に東屋を出て、道をとぼとぼ歩きながら、義父に対して、どう出たらよいのか、考えを纏《まと》めようとしていたのです。僕には、はっきりしたアリバイは立てられません。――でも、誓って言いますが、僕は、義父が生きているところも、死んでいるところも、見ていないんです。ほかのひとはどう思うか知れないけれど、ここにいるみなさんだけには、僕の言うことを信じていただきたいのです。

レイモンド　（囁くように）アリバイがない？　それは、まずい！　もちろん、わたしは君の無実を信じるが、それは困ったことですな！

ポアロ　（愉快そうに）それは単純なことです。——そうです、極めて単純なことなのです！

（一同、呆気に取られて、ポアロを見る）

ポアロ　わたくしの申すことがおわかりで？……おわかりでない？……では、申し上げましょう。ペイトン大尉を救うためには、真犯人が、明日の昼までに、わたくしに自白すればよいのですよ。（一同に微笑みかける。短い間合い）そうです、本当の話です。おわかりですね。わたくしは、きょうここに、デイヴィス警部をお招きしなかったのです。それにはわけがあります。わたくしの知っていることを、すべて彼に告げるのを望まなかったからであります。——少なくとも、いまのところは。

（沈黙の間合い。ポアロ、前方に身体を乗り出す。人柄が変わったかのように、急に声を荒らげて）

ポアロ　わたくしは、ロジャー・アクロイド卿を殺害した犯人が、この部屋にいるのを知っています。その犯人に向かって喋っているのです。明日の昼を過ぎると、すべての真相は警察に知らされるのですよ——comprenez ?（わかったのか？）

（死のような沈黙。マーゴット、盆の上に電報を載せ、静かに登場）

マーゴット　Dépêche pour Monsieur.（旦那様に電報です）

（ポアロ、電報を受け取って一瞥し、マーゴットに向かって）

ポアロ　返信はしなくて、よろしい。

（マーゴット、退出）

ブラント　（突如として響き渡るような声で）　ロジャー卿を殺害した犯人が、われわれの中にいると言われたが、いったい、それは誰なんです？

ポアロ　（電報の紙を手荒く握って、くしゃくしゃにする）　いまこそ、はっきりわかりました。（中央の椅子に腰を掛ける）

（やや長い間合い。ポアロ、電報をポケットに入れる）

ポアロ　（穏やかな口調で）　ムッシュー！　マダーム――これで、わたくしの小集会を終わります。わたくしの申し上げたことを、お忘れにならぬよう――明日の昼過ぎには、真相が警察に知らされるのですぞ。（中央奥手の温室のところに進み、一同に背を向けて、両手で左右のカーテンを摑む。一同、無言のまま、それぞれ、ドアのほうに進む）

シェパード医師　（ラルフに向かい）　ラルフ、君の奥さんは、うちに泊まることになっている。君も一緒に来ませんか？

ラルフ　それは、ありがたい！　（ポアロに向かい）　おやすみなさい。

（シェパード医師、ラルフ、アーシュラ、下手ドアより退場。そのほかの者は、上手ドアより退場。一同が退場すると、ポアロが、にわかによろけ、両手で握っていたカーテンに、思わず力が入り、そのため、カーテンが、中央にぐっと手繰り寄せられる。

ポアロ、温室に向かって、ほとんど倒れそうになる）

（それから、ようやくの思いで、テーブル右側の椅子に辿り着き、その上に頽《くずお》れる。マーゴット、一同を送り出してから、再び登場、ポアロの様子を見て、駆け寄り、彼を介抱しようとする）

マーゴット Qu'avez-vous. Mon Dieu vous êtes malade mon pauvre bebe.（どうなさったのです、旦那様。お加減が悪いのですね）。（窓に駆け寄り、呼びかける）Monsieur le Docteur, Vene——vite——vite——Monsieur est malade. Je ne sais pas ce qu'il-y-a.（先生、先生、早くおいでください。旦那様がご病気なんです。どうしたんでしょう、わかりません、先生っ）

シェパード医師 どうしたというんだ？

（ポアロ、ほとんど失神に近い状態にあったが、ようやく回復し、立ち上がると、シェパード医師に向かって、座るように身振りで促す。それからブランデーの壜を取って自分の分を注ぐと、壜をシェパードに渡す。ポアロ、テーブルの右側に座り、ブランデーを飲む）

シェパード医師　飲み過ぎないようにしないと。

（シェパード医師、テーブルの右側に立ち、ポアロのほうを見る。ポアロ、うなずいて、微笑する）

シェパード医師　（マーゴットに向かい）旦那様は、もう心配ないようだよ。（手を振って、マーゴットに、立ち去れと合図をする）

（マーゴット、上手ドアに進み、もう一度、ポアロの様子を見てから、ドアを閉め、退場）

ポアロ　先生！

シェパード医師　いかがです？　いくらか気分がよくなりましたか？（テーブルの左手に座る）

ポアロ　ええ、だいぶ、よくなりました。友よ《モ・ナミ》、――ところで、あなたのお考えのほうは、いかがですか？

シェパード医師　どう考えたらよいのやら、わかりませんな。あなたは、あの連中を相手に喜劇を演じているように見える。

ポアロ　喜劇ですと？　もし、彼らが今夜、眠れないとすると、それは、おかしいからでは、ありませんな。

シェパード医師　しかし、なにを意図しているんですか？　あなたは、念の入った警告を犯人に与えたが、そんなことをなさらずに、なぜ、まっすぐに、警察に知らせないのですか？

ポアロ　少しばかり、お考えになってください、先生。あなたの賢明な頭脳が、答えを出してくれますよ。ポアロは、時々、妙なことをいたしますが、そういう場合には、必ず、それ相応の理由があるのでございます。

シェパード医師　たったひとつ、わたしの頭に浮かんだことがあります。――あなたは、犯人をはっきりとは知っておられなかった。ただ漠然と、今夜、ここに集まった連中の中に犯人がいると、目星をつけたのです。そこで、犯人を脅かして、自白を強要する方法に出たのです。

ポアロ　（首肯《しゅこう》するように、うなずいて）　それは、さかしらなお考えですね。ですが、当たっておりません。

シェパード医師　必ずしも自白という方法を取らずとも――犯人は、なんらかのかたちで正体を現すんじゃないですか。――（短い間合い）――ですが、あるいは逆に、犯人は、ロジャー卿を永遠に沈黙させたように、――明日にならないうちに、あなたの口を封じてしまうかもしれませんね。

（両者、テーブルを挟んで、互いに身を乗り出す）

ポアロ　（面白そうに驚いてみて）　ああ、つまり、わたくし自身を囮にして、犯人に罠をかけようと、おっしゃるのですね？　どういたしまして、わたくしには、そんな英雄的行動は、とれません！

シェパード医師　そうなると、わたしはもう、あなたを理解することは、できませんな。あなたは、あんな警告をすることによって、犯人を逃亡させる危険を冒しておられる――ということになるんじゃありませんか？

ポアロ　（難しい顔をして、頭を振る）　いや、犯人が逃亡することはできません。――彼の前には、たったひとつの途が残されているだけです。――しかし、それは、彼を自由にさせるということではありません。

シェパード医師　（疑わし気に）　あなたは、本気で、今夜、ここに集まった連中の中の誰かが犯人と信じているのですか？

ポアロ　そうです！

シェパード医師　では、誰なのです？

（短い問合い。ポアロ、しんみりとした調子で話し出す。だが、声には力がこもっている）

ポアロ　すべての事実が、あるひとりの人物をはっきりと指し示しております。それはともかくとして、まず、ふたつの事実と、――特に、わたくしの注意を惹いた、わずかばかりの時間の食い違いの問題から、話を始めてみることにしましょう。第一の事実は、電話です。もし、ペイトン大尉が殺人犯だとしますと、電話はなんの意味もなく、馬鹿げたこととなります。そこで、わたくしは、ペイトン大尉が殺人犯ではないと自分に言い聞かせました。それからまた、電話は、ファーンリイ・パークからかけられたものでないことも確認しました。それと同時に、わたくしは、犯人は、犯行当夜、あそこに居合わせた人間の中にいるという確信も得ておりました。としますと、電話は、誰か犯人の共犯者によってかけられた、ということになって参ります。そこで、わたくしは、結果から逆に判断して、電話がかけられた動機を考えてみたのです。結果とは、なにか？　――電話のお陰で、殺人は、翌朝でなく、その夜のうちに発見された、ということです。――この点は、あなたも同意なされますね、Tres bien！（よろしい！）

さあ、ここで第二の事実が出て参ります。それは、パーカーが指摘した、あの壁側から引き出された椅子の位置の問題です。椅子をあのような位置に置きますと、小机の上にあるものが、椅子の背によって、隠されてしまうのです。その小机の上になにが置かれていたか仮定してみましょう。——それは犯人によって置かれたものである。——犯人は、それを見られたくなかった。——それは、犯行を行った後、持ち出すことができなかったものである。——それは、犯罪が発覚したのち、できるだけ遠くに持ち去られることが、絶対に必要なものであった。

ここで電話に話を戻すと、この電話のお陰で、犯人は、被害者が発見された時、現場に居合わせる機会を得ることができたのです。（短い間合い）警察が到着する前に、現場に居合わせた人間は四人いました。先生ご自身と、パーカーとブラント少佐、それにムッシュー・レイモンドです。わたくしは、端《はな》から、パーカーを除外しました。パーカーは、いつ犯罪が発見されたとしても、常にその場所に居合わせなければならない人物だからです。また、椅子が引き出された事実を指摘してくれたのも彼でした。いっぽう、ムッシュー・レイモンドとブラント少佐の嫌疑は、依然として晴れませんでした。

ところで、先生、あなたは今夜、たったひとつのことを、お忘れでした。ロジャー卿が、あの夜、蠟管録音機《デクタフォン》を使われていたなら、それが現場になければならないはずです。ところが、蠟管録音機《デクタフォン》は発見されなかった。なぜでございましょう。

シェパード医師　それは、わたしも気づかなかった。（目を逸らす）

ポアロ　もし、小机の上から、なにかが持ち去られたのだとしたら、それは、蠟管録音機《デクタフォン》だったのではないでしょうか？　しかし、この仮定を裏付けるためには、多少の困難があります。現場にやってきたひとたちの注意は、まず、死体に向けられます。ですから、ほかの連中に見咎められずに、小机のそばに近寄ることは可能だったでしょう。ですが、蠟管録音機《デクタフォン》なるものは、相当にかさばるものですから、ポケットに滑り込ませるわけにはまいりません。つまり、それを容れることができるだけの大きさをもったものが必要なのです。あなたは、わたくしが、問題のどのあたりに到達したか、おわかりでございましょうか。犯人の姿が、だんだんかたちを整えているのでございますよ。

シェパード医師　しかし、なぜ、蠟管録音機《デクタフォン》を持ち去ったのでしょう？　あなたの推理の要点はどこなんでしょう？

ポアロ　あなたは、九時半に聞こえた声は、ロジャー卿が蠟管録音機《デクタフォン》に吹き込んでいた声だと、端から決めてかかろうとされておられるようですね？　しかし、ここで、この文明の利器のことを、もう少しばかり、考えていただきたいのです。先に声を吹き込んでおいて——後になってから、秘書かタイピストが、機械を回すと、何度でも声が再生されるのですよ。

シェパード医師（喘ぐように）では、あなたは——

ポアロ（重々しく）そうです！　そういうことです！　九時半には、ロジャー卿は、もう死んでおられたのです！（短い間合い）——声を出していたのは、蠟管録音機《デクタフォン》だったのです！

シェパード医師（口早に）では、殺人犯が音声を再生したのですね？　すると、犯人は、その時、書斎の中にいたことになる。

ポアロ（鋭く）違います！（力を込めて）蠟管録音機《デクタフォン》が自動的に再生されるように、なにか、——例えば、目覚まし時計でもできます——機械的な仕掛けがされていただけのことです。

殺人犯の姿を、はっきり描いてみましょう。——彼は、ロジャー卿がよく知っていた人物である。——ロジャー卿は、彼が、機械の知識を持っていて、細工をしたり調整したりできることを知っていた。——彼は、本の間から、短剣を取り出す機会があった人物である。——彼は、蠟管録音機《デクタフォン》を隠す適当な容れ物を持った人物である。——彼は、犯罪が発見され、パーカーが警察に通報の電話をかけている間、ひとりで書斎にいた人物である。

いかがですか、先生（立ち上がる）――こう絞り込んで参りますと、――犯人は、あなたです。

（死のような沈黙。シェパード医師、ポアロを凝視する――突然、爆笑する）

ポアロ　土壇場で、笑うことができる犯人は、恐れ知らず――なのでしょうな！

シェパード医師　あんた、本気じゃなかろう？

ポアロ　本気です。

シェパード医師　（立ち上がって）あんたは、狂ってる！

ポアロ　狂ってなどおりません。（まったく人柄が違って見える――狙いたがわず、かつ、腕力によって、その場を支配するような様子）

シェパード医師　あんたは、自分の頭の中で論理的な分析をするだけで、ひとりの人間に、殺人の罪を負わせることができると信じているんだね――あんたが積み上げた程度の推理なら、わたしにだって容易に組み立てられる。

ポアロ　（冷たい威厳ある口調で話す――シェパード医師のまわりに巻きつけた網を、抜き差しならぬ確証で、じりじりと引き寄せていく――すべての点で巧妙な効果を持たせつつ）　わたくしの分析を証明してみせましょう。まず、わたくしの注意をあなたに向けさせたのは、わずかな時間の食い違いでございました。――これは、事件の当初からのことでありました。

シェパード医師　（いぶかし気に）　時間の食い違い？

ポアロ　あなたは、門の番小屋のところから、邸まで、歩いて五分かかると言われました。ところが、いっぽうで、あなたは、九時十分前に邸を出たのに、番小屋のところを通り過ぎた時、九時の時を打つ教会の大時計の音を聞いたと言われました。いっぽうで、五分と言いながら、他方で、十分かかっているというのは、どういうわけでしようか？

　あなたは、アクロイド卿の椅子のそばに立っていた時に、彼を殺したのです。――それから、玄関を出て、テラスを回り、書斎の窓のところまで戻ったのです。書斎の窓は閉まっていたと証言できたのは、あなたひとりであったことを、考慮せねばなりません。あなたは、戸締まりしていなかった窓を外から開け、書斎に入り、ドアに内側から鍵をかけ、それから、窓を開け放したまま外に出て、門のほうに走って行ったのです。あなたは、九時少し過ぎに自宅に着きました。いっぽう、蠟管録音機《デクタフォン》は九時半に声を再生するように細工をしておいたのです。――これで、あなたのアリバイは、できあがりました。

シェパード医師　（ことさら、何気ない風を装って）　ねえ、ポアロさん、しかし、わたしが、アクロイドを殺して、いったい、どんな得があるんでしょう？

ポアロ　安全を得られる。フェラーズ夫人を恐喝していたのは、あなただったのです。フェラーズ夫人が自分の夫を殺したということを知っていたのは、あなた以外にいなかったのです。ところで、あなたの恐喝は、度が過ぎていたのです。それを苦にして、可哀想なフェラーズ夫人は、とうとう自殺してしまいました。もし、アクロイド卿が、この事実を知ったら、彼は容赦なく、あなたを糾弾したことでしょう。

ところで、わたくしは、実のところ、あの電話に危うく騙されるところでした。昨日になって、ようやく真相を摑んだのです。あなたの患者の中に、アメリカ行きの船の船室係がいたことを、探し当てたのです。その男は、リヴァプール行きの夜行で出発し、間もなく航海に出てしまう人物でした。わたくしは、その男に無電を打ちました。

「シェパード先生から電話をかけてくれと頼まれ、電話をしたが、すぐに切られてしまった」——というのが彼の答えでした。つまり、電話がかかったのは事実です。あなたが電話に出て、なにか返事をしているのは、あなたの妹さんもわたくしも、見ておりました。ところが、電話の話の内容は、すべて、あなたの創作だったのです。

（不動の姿勢）　これで、わたくしの話は、おしまい！

シェパード医師　（ポアロの話の終盤で、最早、絶望的であり、ポアロに惨敗したことを覚る。——次第に、頽れ、椅子に沈んですすり泣きを始める） わたしは、どうでも、カリルが、ああ、カリルが！

ポアロ　わたくしは、あなたを疑い始めた瞬間から、カリル嬢のことを考えて、胸が張り裂けそうな想いをしてきました。わたくしは彼女を愛しております。あなたが、殺人犯であること、しかも、それを探り当てたのが、ほかならぬ自分であることを、わたくしが彼女に告げられるとお思いか？ ——それが、わたくし、エルキュール・ポアロにとって、どんなに辛く悲しいことか、——あなたには、わからんでしょう。——彼女のために、あなたに、汚れなき死を選ぶチャンスを与えてあげましょう。あなたは、今夜、もう、おやすみになります。——しかし、明日の朝、あなたは、目を覚ましません。——あなたは、医師です——方法は、よくご存じのはずだ。

（シェパード医師、魅入られたように、ポアロを見つめる。——短い間合い——シェパードの唇から、ゆっくり言葉が漏れる）

シェパード医師　わたしは——明日の朝——目を——覚まさない！ （極度の恐怖の表情）

（カリルの声が、窓の外から聞こえてくる）

カリル　ムッシュー・ポアロ――ジェームズ！
ポアロ　妹さんだ！　来ますよ！
カリル　（声、次第に近くなる）ムッシュー・ポアロ、ジェームズ！
ポアロ　（シェパード医師の顔を、じっと見つめて）間違えてはなりません！

（シェパード医師、頭を振り、立ち上がって、気を取り直す）

シェパード医師　わたしは、ま――ち――が――い――ません。

（カリル登場）

シェパード医師　ああ、カリル！（笑いながら、身を屈め、いままで手に持っていたパイプを、靴の先にコツコツぶつける）
カリル　（シェパード医師の肩に手を置き）ラルフと奥さんは、すっかり意気消沈よ。ラルフからは、なにも聞かせてもらえなかったわ。あのひと、まるで魂が抜けたように、寝室に入ってしまって。（ポアロに向かい）ラルフは、情況が最悪だ、と言っただけでした。

ポアロ　わたくしは、署長さんに会って、ペイトン大尉の嫌疑は解けたと言うつもりです。

カリル　（驚いて、明るく）では、殺人犯を見つけたのね！（興奮して）いったい、誰だったのです？

（ポアロ、答えない——肩をすくめ、——弱々しく微笑を浮かべる）

カリル　（シェパード医師のほうを振り向き）ねえ、いったい、誰だったの？

（シェパード医師、カリルと共に、下手窓のほうに進む）

シェパード医師　ムッシュー・ポアロが、話してくださるよ。わたしは、やらねばならない仕事があるから、邪魔しないようにしておくれ。

（シェパード医師、下手前方の窓のほうに進む。カリル、シェパードを呼び戻す。シェパード、カリルの肩に手を置き、キスをする）

シェパード医師　おやすみ、カリル。（カリルを見て、もう一度、キスをする。微笑）
カリル　おやすみなさい！　わたしも、すぐ帰ります。

（シェパード医師、窓のところに着く）

ポアロ　おやすみなさい、先生。
シェパード医師　おやすみ。

（シェパード医師、もの想いに耽《ふけ》りながら、ゆっくり下手フランス扉《フレンチ・ウィンドウ》より退場。カリル、後を追おうとする）

ポアロ　（優しく）　カリル嬢！　（テーブルの前方を通り、その左端に立つ）
カリル　（やや前方に踏み出す）　はい？
ポアロ　なんと申し上げたらよいか――お恥ずかしい話です。
カリル　（笑いながら）　恥ずかしい話？　なぜ？
ポアロ　ポアロは失敗いたしました。

カリル　失敗ですって？　（ポアロのそばに来る）

ポアロ　（同意するようにうなずき）　惨めな失敗です。ポアロは敗北したのです。

カリル　そんなこと、あり得ないわ！　（探るようにポアロを見る）

ポアロ　外国人であるわたくしが、イングランドでゲームに挑戦する時、どんなことでも可能でした。しかし、今回、わたくしは、英国人気質に混乱させられてしまったのです。――殺人犯は、わたくしの手から逃げてしまいました。

カリル　お気の毒に。（ポアロの手を取る）

ポアロ　思い遣りのある方ですね――カリル嬢！　（カリルを探るように見ながら）　これで、わたくしも、幸せな気分でお別れできます。（彼女の手にキスをする）

カリル　駄目よ、そんなこと、おっしゃっては……でも、ご機嫌よう。（フランス扉《フレンチ・ウィンドウ》のところへ進む）

ポアロ　カリル嬢、これだけは信じてください。わたくしは、あなたにお仕えするためなら、どんなことでもいたします。

カリル　（戻って来て）　世間のひとたちが、なんと言おうと気にしません。あなたは、いつだって――　（手を差し出す）

ポアロ　（彼女の両手を握り、キスをする）　“Un de ces jours.”

カリル　なんです？

ポアロ　たぶん、いつか、また、と。

（カリル、下手フランス扉より退場）

（ポアロ、テーブルのところへ戻り、その上に置かれた標本入れのガラスの器から薔薇を取り出し、キスをしてから、上着のボタン穴に差し、カリルの出ていった庭のほうを見やる）

——幕——

道具類

第一幕

第一場――午後

舞台――

『タトラー』誌と『スケッチ』誌

ティー・セットを載せた茶盆（右手テーブルの上）

フランスの小説

短剣（ムーア人の使うもの）

ブリッジのカードと採点表

マッチ

灰皿

舞台外――

カクテル・シェイカーとグラスを載せた盆　（左手）
医師の鞄　（大型）　（左手）
ゴング　（右手）
細長い青色の封筒に入れた手紙　（左手）
銀盆　（右手）
カクテル・グラス　二個　（右手）
地方紙の夕刊
ドアのベル　（電気仕掛けでないもの）　――こもった音のするもの――左手遠方
書斎　（正面奥手）　――
インク・スタンド、便箋、その他いろいろ　（机の上）
電話
ランプ

第二場――夜

舞台――
カクテルの盆を取り去る

マントルピースの上にフランスの小説を置き、短剣を取り去る
左手カード・テーブルの前方にあった物置台《スツール》を、右手テーブルの左手に隠し、物置台のあったところに安楽椅子を置く
カーテンを閉めておく（ただし、左手の大窓の分は除く）
書斎のドア、閉めておく
舞台外――
ウィスキーを載せた盆
サイフォンとグラス四個（右手）
黒い鞄（左手）
手帳（警部のもの）
ドアのベル（左手）
手帳（ポアロのもの）
書斎――
トリックの短剣――柄だけのもの。刃は、死体の上着の上から刺さっているように見えるだけ
短剣（血糊のついているもの）――テーブルの上に隠しておく
窓を開けておく

ガラス、木片　（ドアの背後に）——ドアが開いた時、砕け散るもの
安楽椅子——テーブルの左端前方
左手大窓及び書斎奥手の窓に、黒いビロード
音声が入ったグラムフォン・レコード　あるいは、アクロイド自身の独り語りを可能
にするもの

第二幕——朝

舞台——
ブリッジのカード、小説、雑誌を取り去る
空の灰皿
カーテンを開いておく
舞台外——
フールスキャップ紙——名簿が記載されたもの　（警部用）
エプロンの切れ端　（ポアロ用）

第三幕

第一場――午後

舞台――
電話――右手机の上
二枚の紙（ポアロ用）――記入済みの電報用紙
二十五本入りの葉巻箱（葉巻は未使用）
コーヒー・ポットとミルクを載せた盆
砂糖――ロールパン、バター――朝食用の大型カップとナプキン――（中央テーブルの上）
『タイムズ』（新聞）――中央テーブルの上
舞台外――
新聞の切れ端――右手――ボーン用
薔薇――左手――カリル用
ノッカー――右手
温室内――
切り花――ベゴニアの花一本、いつでも使えるように――その他、適当に花を配置
ベゴニアを入れる標本入れのガラス器

第二場——

舞台——

コーヒー・カップ三個——ブランデー・グラス三個——古いブランデーの壜

ガラス器に入れた薔薇——右手テーブルの上

舞台外——

銀盆

電報用紙——

新聞の切れ端　（ボーン用）

衣裳

カリル

第一幕　第一場　テニス・ドレスと帽子
第三幕　第一場　モーニング・ドレス
　　　　第二場　イヴニング・ドレスとショール

フローラ

第一幕　第一場　テニス・ドレス
　　　　第二場　ネグリジェ
第二幕　　　　　モーニング・ドレス
第三幕　第一場　モーニング・ドレス
　　　　第二場　イヴニング・ドレスと袖なし外套

アクロイド夫人

第一幕　第一場　モーニング・ドレス——黒
　　　　　　　　イヴニング・ドレス

第二、第三幕　モーニング・ドレス　繰り返し

アーシュラ　第二、第三幕　メイドの衣裳
第三幕、第二場　コート、スカート、帽子

マーゴット　第三幕　第二場　フランス製の感じのよいメイド服

デイヴィス警部　田舎警察の制服——帽子、チュニック、ベルト、ズボン

パーカー　執事のスーツ、——ドレス・コート、ハイ・ベスト、暗色のズボン

ポアロ　フランス風のスーツ一式
第二場——晩（ディナー・ジャケット）

【カバー写真】shutterstock.com

【原作】アガサ・クリスティー（Agatha Christie）

1890～1976年、イギリスの推理作家。ミステリーの女王と呼ばれ、多くの世界的ベストセラーを生み出してきた。『オリエント急行殺人事件』『アクロイド殺し』をはじめとする古典的傑作群は今でも映像化が続いている。

【脚本】マイケル・モートン（Michael Morton）

1864～1931年、イギリスの劇作家。主な作品にDetective Sparkes、The Yellow Ticketなど。ブロードウェイはじめ様々な劇場で上演された。

【訳者】山口雅也（やまぐち まさや）

神奈川県生まれ。早稲田大学法学部卒業。在学中よりミステリ関連書を発表。1989年に『生ける屍の死』で本格的な作家デビュー。95年に『日本殺人事件』で第48回日本推理作家協会賞を受賞。主な作品に「キッド・ピストルズ」シリーズ、『ミステリーズ』、『奇偶』、『狩場最悪の航海記』など。

海外ミステリ叢書「奇想天外の本棚」

アリバイ

●

2019 年 *6* 月 *20* 日　第 *1* 刷

著者…………アガサ・クリスティー（原作）
マイケル・モートン（脚本）

訳者…………山口《やまぐち》雅也《まさや》

装幀…………坂野公一（welle design）

発行者…………成瀬雅人

発行所…………株式会社原書房
〒160-0022 東京都新宿区新宿 1-25-13
電話・代表 03（3354）0685
http://www.harashobo.co.jp
振替・00150-6-151594

印刷…………新灯印刷株式会社
製本…………東京美術紙工協業組合

ISBN978-4-562-05670-5, Printed in Japan